骨を撫でる

三国美千子
MIKUNI MICHIKO

新潮社

目次

骨を撫でる

骨を撫でる

1

石橋に続いた門屋の片隅にある小門の閂《かんぬき》は、ことんと耳になじんだ音を立てて静かに内側に開いた。農家の母屋にふさわしい堂々とした門なのに、ささやかな音は昔から変わらなかった。年寄りたちが小ぐりとか呼んでいる小さな門はあまりにも長い年月にさらされたため、木よりももっと軽やかでもろい材質に変化したようだ。

ビスケットに似てんな。それを言ったのはまだ小学校に上がる前の二つ下の弟だ。あの子は、けったいなことを考える子やった。そろばん塾から帰って来たようなつもりで頭を低い小門にぶつけかけた倉木ふき子は、サンバイザーの深い影から、八月になったばかりの真夏の日差しに照らされ様変わりした実家とその奥の弟一家の家を見上げた。

ふき子は、今年の秋に五十歳になる。結婚してから母屋の近くの分家屋敷に住んでいるというのに、木製の門を開ける度、子供の頃に戻ったような錯覚をおぼえる。弟の明夫が結婚してから、実家は思いがけず遠い場所になってしまった。

毎週土曜日に一度、それも弟の結婚相手に遠慮しながら帰る。古い巡礼街道沿いの村にはそこかしこに見張りの目が光っており、その日のうちにふきちゃん帰ってはりましたで、と農作業中の父親の善造に言いつける人がいた。

お宮さんの裏には羽日山《はねひやま》という山が広がっている。善造が昔話にスクドをかいたと話す、かまどの焚き付けに使う枯れ松葉を拾った、生活に欠かせない山だった。ふき子の母は姉妹たちとまつたけ狩りで半日遊んだ思い出を何度となく娘に話して聞かせた。

ふき子が小学校三年生の頃に、山は崩され宅地が造成された。華々しい宣伝文句と一緒に、きれいに区画整理され羽日ヶ丘《はねひがおか》と町名をつけて売りだされ、大阪市内へ急行電車で二十分という立地のよさもあり住宅地に変わった。

丁度、羽日ヶ丘の真ん中に、ふき子が初めての出産をした総合病院がある。長女は未熟児ぎりぎりの体重で生まれた。意地の悪い看護婦が一人いて、決められた授乳時間にお乳を飲ませられないと目をつけて嫌味を言う。すぐに眠ってしまう赤ちゃんの小さい足をつねって、閉じてしまう唇に無理やり乳首を押し込まなければいけなかった。

羽日ヶ丘の病院は、肺結核専門として建てられたのを在の人なら誰もが知っていた。山の方角から風が吹いたら結核菌が集落まで流れてくると嫌がったものだ。ふき子も祖母に言われて慌てて物干しざおの洗濯物を取り込んだ。そういうとき目に見えない菌がそこまでふわふわ飛んでくるような、空恐ろしい気持ちになった。出産で入院したとき、結核を恐れる人はいなくなっていたけれど、綺麗に磨かれた床や、白いベッドのそこかしこに、目に見えない嫌なものが潜んでいるような気がした。

母屋の奥の崖の上に建てた、かれこれ二十年近くなる明夫の住まいをこの家ではいまだに「新築」と呼んでいるように、ふき子も母屋の人も月日が経っても昔風のままを守り続けている。二〇〇一年になっても、裏山はこの家の中ではまつたけ山のままだった。

どっち道、私はこの家の娘や。娘が自分とこ帰って遠慮する必要あらへん。ふき子は重々しい大戸も、夏でもひんやりとした通り庭も改築されてなくなってしまった表玄関ではなく、裏の戸を開けた。

「お母さーん」

裏口の小さな外台所だけが以前と変わらなかった。新聞紙が広げられかごに変形したきゅうりとはぜかけたトマト、病気のせいでへたの辺りから茶色くかさぶたのようになったまずそうな茄子が三つ転がっている。

鍋から湯がふきこぼれふたが浮き上がる。コンロの前のタイルには火伏《ひぶせ》のお札が貼ってある。ふき子はサンダルを脱ぎすてスイッチを止めた。

「お母さん」

咎める口調で反対側の食卓のある台所の網戸を押して、いつもベタついている板の間と皮脂汚れのせいで黒っぽいスリッパを横目に、お中元の菓子折りを、それもあまり衛生的ではない食卓に置いた。建て替えと同時に買い替えた食器棚にばらばらの食器が入っている。農機具屋の名前が印刷されたカレンダーとそこに書かれた父親の鉛筆の文字はふき子がこの家にいた頃のままだ。

サンバイザーと丸めた手袋をふき子は流し台に置いた。洗い桶の中にボウルが浮かんでおり、赤茶色の底に干しエビが身を縮めて丸まっていた。薄くて甘っぽい、実家の素麺のつゆの香りがふんと漂った。底から滴る冷たい雫を、仕方なしに薄汚い布巾で拭く。片手で何気なくボウルを持ち上げた拍子に右手の指先がじくりと嫌な風に疼《うず》いた。人差し指と中指の第一関節は変形している。元々節高だった第二関節よりも腫れあがり、内側に曲がっている。ふき子は冷蔵庫を開けて賞味期限切れの食品や貰い物の漬物を見ないようにし、すき間に麺つゆのボウルを押し込んだ。

窓の向こうにあるはずの明夫の嫁の軽自動車はなく、牛小屋だった建物のくすんだ漆喰の壁が光っていた。

「ふき子か」

食卓の向こうから声がする。

かちかちになった餅みたいな踝《くるぶし》が食卓の脚の横で動いていた。

「お母さん。嫌やわ。どこで寝てんの」

ふき子の声がきんと尖る。

倉木敏子は化繊のスカートに去年七十歳の誕生日に娘からもらったブラウス姿で頭だけ上げ、頬かむりをしたままいかにも信用ならないきれいな笑顔をむけた。

「腰が痛いさかい、ちょっとのばしてたんや」

「吉田先生とこで牽引《けん》してもらったら」

ふき子は身についた保護者めいた物言いをしながら引っ張り起こす。

兄嫁に育てられたさかいと敏子は言い訳したが、度々鍋を焦がして火事を出しかけるのはそそっかしい性格のためだ。

　ええときに来てくれた。敏子は横になっていたのが嘘みたいにはね起きると、さっそく菓子折りを仏壇のお供えのてっぺんに乗せ、便利に使われるのを警戒するふき子を連れて、南の廊下を歩いた。

「じき昼や。お父さんら帰ってきはるで」

　素麺の用意がまだと指摘されても敏子は首を振った。

「滅多なことですぐ終わらへん。こーんな石どーんと二つも持って行かはったんやもん。男三人でもかかる」

「石でふさぐやて、意地のわっるい」

　歩道橋の交差点にある納屋の、その筋向いにどろぶけと善造が呼ぶ土地があった。ふき子の夫までその細長い土地に関するごたごたで朝からたたき起こされ、一仕事させられているはずだった。どろぶけは元々高い崖の真下にあるせいで、日当りが悪く元は水っぽい田んぼだったためその名で呼ばれた。その崖の並びに建てられた数軒の小さな店舗にとって、駐車場として恰好の場所なのだった。そしてそのうちの一軒の飲み屋と善造はここ半年ほど駐車料金をめぐって対立していた。

「止《や》めときて私、せんど言うたのに」

「まるでやくざや」

善造の短気と癇性は有名だった。

敏子は南の廊下から仏間に通じる滅多に開けない戸に手をかける。

「お母さん。私、大掃除なんか嫌やで」

突拍子もない敏子の性分をふまえて、ふき子は警戒した。

「掃除やてこの暑いのにするかいな。ええからついといで」

現れた本屋の二階へ続く黒い階段梯子を敏子は慣れた様子でひょいひょいと上ってゆく。

ふき子の目の前に敏子のすねがむき出しになった。若い頃の母親の足はむっちりとよく肥え、農作業のせいかふくらはぎがこんもり盛り上がっていた。棒みたいに痩せてしもて。

「落ちなや」

母親が振りむいたので、ふき子は「落ちるかいな」と憎まれ口をたたいて、目の前の梯子段に集中した。

「新築の人らは？」

「堺。夕飯よばれてくるのとちゃうか」

実家だと聞いてふき子はほっとする。

明夫が三つ年上の理恵を連れてきたとき、土も触ったことない子は嫌と反対したのは敏子だった。倉木の家に縁づかせたい理恵の母親が新居を借りる強硬手段に出ると、善造はあっけなく手の平を返して結婚を認めた。嫁は下目からもらえが口癖の父が、息子の婚期を逃すのを恐れて妥協したのがふき子にはわかった。

「むっとする」

「あんた、そこ気をつけや」

敏子はふき子の足元のすき間をあごで示す。

二階の物置は明り取りの窓が一つきりで、差し込む光にもうもうと埃が漂っていた。天井は立っていられるくらい高く、太い梁がつらぬいている。敏子の腿の真ん中まで高さがある長持ちが、まるで棺が安置されるように四つ並んでいた。

「なんやのこれ」

「先のおじいさんの先妻さんの持ってきはった荷物や」

「ああ」

ふき子は子供たちを残して亡くなった祖父の最初の妻が五荷《ごか》の荷と一緒に嫁いできはった、という昔話に出てくる荷物がこれか、と思った。

「私ここへ上がるの中学以来」

母親に倣ってスカートの裾をからげてしゃがむとふき子は古い膳棚やがらくたの類《たぐい》を見上げた。

中学二年生のとき虫干しという題で作文を書いた。行燈だの、井口のおばちゃんと呼んで慕っていた善造の腹違いの姉の産着まで出てきた。名前はもちろん、顔も知らない祖父の先妻が確かにこの家に生きて暮らしていたという証拠だった。古い家というのはお化けのようなもので、仏間のきんきらとした仏壇に戒名をつけて正式にまつられた先祖だけではなく、二階の昏《くら》い片隅にも名前を無くした霊たちがひっそり漂っていた。

「あんたの雛人形まだそこらにあるやろ」

敏子は真ん中のすでにふたが開いた長持ちにかがみこみ、青いビニール袋の中で両手をごそごそ動かすのに余念がなかった。

「私の雛人形なんかこの前捨てた。結婚するとき、人形と勉強机は持って行きてゆうたのお母さんやん」

「わたい、ころんと忘れるさかい」

おどける敏子に、もう、とふき子は言いながらうっかり吹き出す。

「お父さんら遅いね。もう十二時半回るで」

「半すぎたか。夕方敬友会の集まりあるから昼寝してもらわんな」

「敬友会て堂山友敬《どうやまともたか》か」

建設会社の三男坊でふき子のかつての同級生は今や市会議員候補だ。友敬の名前をうっかり口にしてふき子は鼻の上にしわを寄せる。

「ふん。お父さんもお母さんも右翼やねんから」

「おーつーきーあい。我がとこの村から、誰なと立候補してもらわな、わてら張り合いあらへんやないか。あんたとこは守さんのあれできょーさんと？」

「喜多さん亡くなりはって共産党もあかん」

前の喜多市長はこの春に亡くなったばかりだった。保守派の現市長にあっさり初当選を許した対立候補を苦々しく思い浮かべる娘をよそに、選挙は村中の交際とわりきっている敏子はまたどろぶけの話に戻った。

「お父さんら、早よ戻《も》ってきてほしいわ。りいべも、ちゃんと払ってくれたらええんやけど。隣の雀荘とパン屋は納めてくれはるのに、あそこ二台もただで置かしたるわけにいかへんやんか」

「ふん」

「お父さんは言いたいだけゆうたらええけど、小《ち》っさくなってもらいに行くの、ほんまやらしいいせ」

「そらそやわ」

交差点の駐車場は画板に張り付けた五十音順の図面で管理されており、月末に直接借り手が賃料を納めにきた。近所の人がほとんどなので支払いが滞るということはなかった。りいべとどろぶけの三軒だけは店屋なので、どういうわけか敏子が集金に行く決まりだった。りいべというスナックが一度、支払いを待ってくれというのを敏了がつい聞き入れたために、ずるずると四か月分滞っていた。そのくせ駐車場に無賃で堂々と停めるので、善造は紐をかけて立ち入り禁止にし、張り紙を二度もしたのにまた停めた。商売屋はこれやからあかん、と怒った善造は石を置く強硬手段に出ることにしたのだ。

「あんた、そっち持って」

母に言われ立ち上がると汗でスカートの裾が腿の裏にはりついた。

「指気ぃつけや」

「長持ちなんかなんで開けたんや。重《お》っもい」

ふき子は両手の真ん中三本の指にずしんと痛みを感じて悲鳴をあげる。

二人は慎重に埃がつもって手の痕がついた長持ちのふたをよろよろと持ち上げ、どうにか指をはさまないように元通りの場所にもどした。

敏子は手拭いを取って顔の周りの汗粒をぬぐった。

「市場で買《こ》うた肌着がたくさんあるから、寺西のおばちゃんにやろうと思ったんよ。寝たきりになって古い肌着着てたら若い人に笑われる」

真面目腐って説明する敏子はどこまで本気なのか、他人には全くはかりしれない顔つきで娘に微笑んだ。

敏子の姉の寺西のおばちゃんという人は夫婦養子と暮らしている。昔から敏子は小姑根性から十も年上の姉の身の回りの心配をする癖があった。

「肌着なんか。親しき中にも礼儀ありや」

ふき子は何にも疑いを持たず敏子をたしなめたのはよく覚えている。

この頃もう少し敏子の健康状態に気を配っていれば、頰の肉が一回り小さくなってただでさえ四角い顔がよけい角ばっているのに気づいていたかもしれないが、いつもの笑顔と本音を悟らせない顔つきにふき子はすっかり騙された恰好だ。後々になってみると、お中元を持って行ったこの日から敏子の企み事は始まっていたのではと勘ぐれないこともなかった。敏子の方でも実家の近所に家を建ててもらいのんきに暮らす娘に、そう簡単に悩み多き本心を明かすようなへまはしなかった。


　ふき子の赤い軽自動車が納屋のそばの交差点まで来たとき、どろぶけの不毛な労働は終わった後だった。倉木善造は、ほとんど腰ではいている風に見える灰色の野良行きズボンの格好で、高枝切りバサミを振り回す息子の明夫に癇癪を爆発させていた。車庫の屋根に伸びた柿の枝を切ろうというのだ。守の姿はない。

　じゃりじゃりと砂を踏んで止まった車からふき子は顔を突き出した。

「もうお昼ですよ」

　敏子と同い年で七十一歳になる善造は白内障の進んだ目をしょぼしょぼさせて、待ち構えていたように娘を見た。

「おい。お前とこの二階、あら一体、どないなってんで。え?」

　善造は楽し気に薄い唇を曲げる。

　ふき子は自分のいない間に御陵のそばの分家町の家で何がおきたのかと、そっぽをむく弟に目くばせした。

「姉さん。早《は》よ帰り」

　高枝切りバサミを杖のように地面につき、明夫はなん十分も前からそうしていたようにだるそうに立っていた。

長女の仕業や。ふき子はピンとひらめくものがあった。

結婚してから二十年以上、喧嘩の種になりふき子を悩ませ続けたのは夫の守の収集品だった。分家の家はふき子が十八の時建てられた。養子に入ってもらうのだから、形で誠意を示さな見合いの話もでけへん、と善造は考えた。二階は内装もしていないがらんどうで、庭という名の農業用地は善造の畑だった。式の後、守の名字は倉木に変えられ、善造との養子縁組は行われなかった。

「お前とこに、稲架取り《だてあし》に行ったら、日南子《ひなこ》が、どたどた家の中で暴れてるやないか。おいて呼んでも守さん、知らん顔や。仕方ないよってわし、家の中に入ってみたら二階が、どーっさり裸の本やらビデオやらでゴミ溜めになってるやないか」

ふき子は無表情で汗を日よけの手袋で押さえた。

どいつもこいつも。この暑いのに二階に上がりたがる。

「いつからあんなことになってたんや？」

善造はにやにやした。

「知らん。守さんに聞いたらええやないの」

「守さんて、あの家はお前の家やないか。あら、昨日今日集めたんとちゃうぞ。わしにずっと隠してたんか」

このしつこさがりいべの態度を硬化させたのだろう。

明夫と日南子に手伝わせて三人で本類を一階へ下ろしてビニールひもでくくってやった

から、クリーンセンターに捨てに行けよ、と善造は横柄に言った。

「娘二人もおるのに。まったく公務員ゆうのは、けったいな趣味持ったやつ多いよってん」

父の言葉をそっくり夫に聞かせてやりたかった。

「便所」

そう言うと明夫は納屋の裏手に消えた。

ふき子は納屋の大きな南京錠がかかった長い引き戸の前に立った。深いひさしの前にはベニヤ板で目隠しされ、大昔に母屋で使っていた小型の冷蔵庫があった。中に缶コーヒーとキリンレモンの瓶が何十年もそのままのように入っていた。前の道は村から駅へ向かう一本道で、人の行き来を見通すことが出来る。高校の頃はベニヤ板のすき間から誰と誰が一緒に帰ったとか、人の往来をチェックしたものだ。

明夫が帰ってきた。

「あんたまた牛乳にあたったんちゃうか？」

昨年の今頃、明夫は食中毒になったのだ。

不機嫌そうに明夫は父親からの遺伝のせいで後ろに下がりかけたかぶりを振った。

周囲は蚊だらけだ。絶え間なくふき子のスカートから出ている足を襲ってくる。

「誰の血ぃや」

ぱちんと叩いた手の平のつぶれた赤黒い血のにじむ死骸をふき子は手柄のつもりで弟に

見せた。

「なんやねん。この手」

ふき子の右手は明夫に素早くつかまれて、くれと表かえされた。

右手の指先の関節が腫れて赤っぽかった。短く切った爪の生え際の横が、斜めに曲がっていた。

「うるさい」

最初に気がつくのは家族ではなく、弟だ。

「ヒトデみたいな指してるやんけ」

敏子そっくりのえらの張った顔に目玉をぐりぐりさせて明夫はそんなにひどくなるまで放置した姉を非難した。

「あほみたいに広い庭の草引いてたら、こないなったんや」

善造は知らん顔で荷台のひもを慎重に確認している。

「いつからやねん？」

「もう一、二年ずっとや」

明夫は熱心だった。

「病院行ったんか？　吉田整形は」

大してその気もなくふき子は言葉をにごす。柿の木にとまった蟬がじんじん鳴いていた。

「ひどい手やで」

「ふん。ばけもんみたいやろ」

明夫はふき子の指先をしげしげと見つめ、ふくらんだ人差し指の骨をさも珍しそうに何度も撫でた。

コンビニの袋を提げたぼさぼさの白髪の男が前を通りすぎざま二人を振り返る。母屋の裏に住む田中の家の長男だった。ふき子は弟の手を振りほどいた。

「おれ、クリーンセンターまで行ったるわ。三、四回往復したら片付くで」

弟に言われてふき子はそやんな、と他事を考えながら頷く。

父親の力仕事を手伝い、姉のみっともない指を慰め、ゴミ処理施設まで運んでくれるという。明夫はよほどのどん詰まりにいるのではないか。ふき子は助手席にある敏子が孫たちにともたせたみつ豆の缶詰の横に野菜を置き、車を反対車線に出すために普通車の窓越しにむっとした男性に笑顔を向けて右に曲がった。

2

どこが分かれ道でこんな風になってしまったんやろう。

ふき子は五十歳になる数か月前から悩まされている疑問がふとつきあげてきて、おもちゃの棚を拭き掃除する手を止めた。

春から早番の二時間だけ始めた公立保育園のパートは、長年家庭に入っていた後では大冒険にちがいなかった。専業主婦なんか落とされるでと守は冷たかったが、役所に履歴書を送ると、待機児童が多いのかひと月もたたずに採用された。

どろぶけの手伝いの日から分家町の家は険悪になった。善造によって一階に下ろされた収集品は処分するどころか、守がその日のうちに二階へ運びあげてしまった。守はダビングの機械だらけの応接間から必要なとき以外出てこなくなった。よけいなことをしてと叱りつけると、日南子は「お母さん、家の二階ゴミ溜めにされて嫌やないねんな」と、自分で切ったがたがたの前髪の下から信じられないように母の顔を見た。もう二十年以上、日々増え続けていく守の収集物に嫌味を言い、癇癪を小出しに爆発させるしかなすすべのないふき子のために日南子は善造の前で強硬手段に出ただけだった。

ふき子の気がかりは、それだけにおさまらなかった。敏子がお盆の頃から夏風邪をこじらせ、朝晩の風が涼しくなっても咳が続いていた。敏子は衛生や健康に気をつかわない。倉木の母屋には体温を測る習慣がないため、明夫は小学生の頃風邪をこじらせて長期間入院したことがあるくらいだ。明夫の胸を心臓肥大にしてしもた、が敏子の口癖だった。納屋の野菜畑でばったり会った敏子は、口の横のできものが黄色く膿んでいるのに、「風邪の華《ハナ》やわ、大したことない」とケロッとしていた。

明夫が駅近くの内科に連れて行くと血液がちょっとな、と指摘された。総合病院宛の紹介状をもらい、そこからまた紹介状を持って今日、明夫の車で理恵と二人、敏子をPL病院に連れて行ったはずだ。

「ふき子先生《せんせ》、次どう折るのん？」

毎日朝の七時から夜の七時半までフルタイムで園にいる三歳のこーやが聞く。

子供たちの間では忍者が流行っていて、朝の早い時間はみんなで熱心に手裏剣を作っていた。

「ふうん。どれどれ」

ふき子は小さなテーブルのそばにすわり、ポケットの老眼鏡をかけてこーやの途中の折り紙を調べた。

「向きが逆やわ」

年長組の子に先生は覚えが悪いと見放されかけたが、今ではすらすらと手裏剣だのハートだのを教えられるまでになった。

「先生、頭白《し》っろ」

こーやは何を思ったのかふき子の後ろ頭を見て叫んだ。

「こーやくんたら、失礼ね」

「僕とこのおばあちゃん茶色に染めてんで」

こーやは親身なアドバイスをすると、もう一枚折り紙を取りに行ってしまう。

幼児の言葉にふき子は傷ついて、ぼんやりする。保育室にあるものは椅子もテーブルも何もかもが小さい。

裏の山に出来た短期大学を、ふき子の進路として後々見合いに有利だと考えたのは敏子だった。幼稚園の先生という仕事はその点、申し分ない。二年間幼児教育と保育の資格の勉強や実習に忙しく追われた後、ふき子はせっかくだから四年制に編入して教員免許を取ろうかと迷った。敏子は井戸の前につくばい洗濯の下洗いをしながら、お金やったら出したらんこともないけどな、洋裁か和裁の学校にしときよ、と笑顔で勧めた。学歴があると結婚できないとあの頃は信じられていたのだ。

ふき子は同じ短大の友達と一緒に私立の幼稚園に採用された。園のバスに乗って、朝は子供たちを迎えて夕方家庭に送り届ける。歌に合わせてオルガンを伴奏し、クレヨンで絵をかき、一緒にお弁当を食べる暮らしだ。それが輝かしい思い出のままなのは、一年であっけなく終わったせいかもしれない。

結婚が決まった職員は自主的に退職するというルールがあった。一年目が終わるころ、適齢期を迎えた先生たちが、悪しき慣習に抗議するため一斉退職しましょうと呼びかけた。学生運動の騒ぎが新聞を毎日のように賑わしていた頃だ。ふき子はせっかく勤めだしたのにと退職をためらった。このときも敏子に話をするとあんた一人残っても後々具合悪いだけやで、と辞めるようやんわりと娘を思い通りに差配するのだった。

ずきんと痛む指の関節を左手でさすりながら、ふき子はうつむいた。

楽な方へ、楽な方へと逃げた自覚はあった。

気づいたら五十歳だった。おじいちゃんが勝手に家建てたせいで、見合いせなあかんようになったんや、とふき子は長女の日南子にこぼした。一緒に退職した同期は他の公立幼稚園に再就職したのに。働きながら出産し子育てし、共稼ぎで家を建てる。なんでそない女ばかりが損なことしやなあかんの。無意識の内にふき子は、父親のせいで無理矢理分家させられた気の毒な娘として振舞う方が得策だと踏んだのだった。

一番の誤算は日南子だ。授業に興味がなく、せっかく入った大学を休みがちだった。自分の分身みたいに手をかけて、育ててきたのに。ふき子は芸術大学へ行きたいという娘に、まずは国語か英語の教員免許を取れる大学に入ったほうがいい、と勧めた。敏子が昔自分によかれとおもっていさめたのとまったく同じことをふき子は娘にした。

「ふきちゃん。手ぇ、リウマチなん？」

のっそりと背の高い女が後ろからふき子の手をのぞいていた。

「あら、今日は先生とペアなんですね」

臨時職員の田中めぐみの前でふき子は顔を取り繕った。

母屋の北側には昔は藁《わら》ぶきの家が密集しており、風が強い日など今日は風呂焚いたらあかんぞ、と善造は火事を警戒してきつく戒めた。その北の一軒にめぐみは今は亡き鋳掛《いかけ》屋の父と住んでいた。どろぶけの騒動の日、納屋の前の道でめぐみが養っているともっぱらの噂の兄を久々に見かけたのだった。

田中めぐみは、なぜかいつもふき子がぎょっとするタイミングで親し気に話しかけてくる。

めぐちゃんは出戻りや。大方赤ちゃんがでけへんかったから田辺の嫁ぎ先出されたんとちがうか。明夫の子を中絶したせいで商業高校を中退したらしいで、と村の中に噂が流れたのを敏子は知ってか知らずか、平気な顔で言うのだった。

「これね。ヘバーデン結節ていう病気なの」

掃除の手を動かしながらふき子は覚えたばかりの病名を説明した。

リウマチやと第二関節が腫れるねん、と医者はまるでもうけもののような言い方をした。

「昔、あんな細い指してたのに。うちの死んだ母もリウマチで曲がった指しててねえ」

子供の頃無口だっためぐみは気安く喋りかけてくる。

「ふきちゃんとこの母屋、誰か具合悪いん？」

ふき子はめぐみの黒く染めたおかっぱ頭に細い目を見た。

人間の目というより飼育されきちんと栄養や運動を管理された動物の大人しく健やかな目に似ていた。

「うちは父も母も元気よ」

じっとふき子が見返すとめぐみは頰を赤くした。

「お嫁さんの車が何回も東むいて走っていくのを見たって聞いたから、何かあったんかなって思ったんよ」

塾のお迎えやない。ふき子は気分を害していないと示すためだけに微笑み、子供たちの折り紙の輪に戻った。

めぐみは園の中で遅刻はしょっちゅうだし、配膳し終えた給食の残りを犬のエサにするといっていつもビニール袋に入れて持って帰った。めぐみと古い知り合いなのをふき子は他の職員には黙っていた。

赤い色紙を対角線で折るとふき子は折り目をぎゅうっと押し付けて指でなぞる。人差し指を重たい痛みが走る。手指を使わないようにと医者は言うが、家事や仕事をしないわけにいかない。

いっそ手術しよかしら。

ふき子は折り紙を小さくたたみ、丁寧に爪で折り目を付けながら痛みの強さを計ってみる。

医者が見せた本の中には指の骨にくさびを打ち込まれた白いレントゲンの写真があった。入院したら、夫も娘たちも少しはふき子のありがたみを感じるだろう。

ふき子と同い年で大阪市内から通っている園長がやって来た。

「こーやくん。手裏剣折れるようになったんや。すごーい」

頬ずりされそうな勢いからこーやは逃げて忍者遊びに加わる。

「あの子、ご両親が二人ともお医者さんでしょう。ほんとうだったら、こんなところに来る子やないんですよ」

こんなところ？　園長の思いがけない本音に触れてふき子は驚いた。「先生、保育と幼児教育の両方資格もってはるから良かったわ」と、無資格のめぐみの時給と三百円も差があるのだと話してくるような人物だった。同じ園の中でも立場は様々で正職員が一番上、その下に臨時職員だの、非常勤職員、看護師先生がいて、給食さん。パートの中でも短時間で末端の、地元に住むふき子に、園長は何かと気安く喋りかけてきた。

「今日は運動会の予行演習があるから、年長組さんの竹馬と側転見ていって下さいね」

園長はにこやかな顔で暗黙のうちに時間外の補助をするように言いつけ、母親がやんちゃな双子兄弟を連れてやって来るのに気づいて、満面の笑顔をつくった。


外灯がついていない小門の中に自転車を隠して、勝手口の網戸を開けると真っ赤な顔の善造がビールを飲んでいた。普段値引きされた惣菜で夕食を済ませる敏子が、病気と診断されてまで夫のために台所に立つはずがない。即席ラーメンの袋が二つ、食卓の日付のわからない夕刊の上に置いてある。

ふき子は弟が結婚してから理恵との何十回もの喧嘩の後、実家のあれこれを見て見ぬふりする知恵をつけた。敏子たちが息子夫婦と夕食を共にしようがしまいが、好きにしたらいい話だ。

紙袋から夕食のトマト風味のビーフシチューとほうれん草のおひたしのタッパーを取り出して、ふき子は居間へ続く扉の奥をちらりと見た。

「お母さん寝たのん」

善造がそこだという引き出しから、汚れのこびりついたカレースプーンを探し出す。

「風呂や。入院したら髪洗われへんから洗うてゆうてるわ」

善造は素直に返事した。

「明日、お父さんもついていく？」

「いかへん」

善造の声には活気がなかった。

再生不良性貧血ていう難病に指定された病気やねんて、明日から入院やと明夫は電話で手短に説明した。

「お父さん。お母さんの病気のことわかったん？」

「骨の中に、血ぃをわかすとこあらあな。そこが壊れてしもて、ええ血ぃが作られへんらしいわ」

まずそうにジョッキの底のビールを飲むと、善造は酔って気の大きくなった声で、骨髄ていうんや、などと言った。

「骨の中の血ぃをな」

昼間電話を切ってから「家庭の医学」を調べたが、ふき子は血が骨の中の液体から作られるという仕組みを初めて知った。

善造は自分で出してきたタッパーの奈良漬けを噛む。

寺西のおばちゃんの、善造さんはふきちゃんのおばあちゃんが亡くなったとき、腰抜かして階段から転げ落ちはったんやで、という陰口をふき子はふっと思い出した。

「ただーいま」

足音がして網戸が開き、明夫が重たい荷物を担いでいるように傾いて靴を脱いでいた。

「おかえり」

明夫は善造の隣に座った。

「電話でゆうた通りや。白血病の一歩手前らしいわ。若い子やったら、骨髄移植をするのが一番らしいねんけどな、お母さんの年やから馬の血清を打つらしい。それが一番きくんやて」

「馬」

ふき子は父と弟のよく似た額の辺りを交互に見た。

「抵抗力が無くなっているからちょっとした風邪が命取りらしいわ。入院するのも無菌室やし、面会も内々だけや」

「寺西のおばちゃんらになんて言おう」

近所の人や親戚たちは次々に、見舞いに押しかけてくるだろう。

「退院するまで黙っとかなあかんな」

明夫は善造の手つかずのシチューを味見して言う。

「これ姉さんがこしらえたんかいな」

一飲みで明夫は皿の中を平らげた。

善造はそれ以上病気の話を聞きたくないのか二階へ上がってしまった。

「明夫戻《も》ってきたんか」

弾んだ声が奥からして、寝巻のズボンに肌着のシャツを着た敏子が立っていた。頭からつんとする白髪染めの臭いをさせている。

「お母さん。うっすい格好で、毛染めて」

娘に叱られても敏子は悪びれずに、前髪をつまむ。

「白いのみっともないやろ」

黒く染めた髪の内側だけが白いのがみすぼらしいから、と敏子は肋骨の浮き上がった胸元を露わに主張した。

「死ぬかもしらんのに、白髪なんか構いな」

「わたいが死んだら、あんたと明夫とで貯金半分ずつにしたらええわ」

敏子は険しい顔でふき子に言い返した。

「わかったからほら、はよ流してきいな」

明夫は敏子を洗面所にうながして薬剤を流す手伝いをする。嫌なことを言うのがこの家でのふき子の長年の役目だった。

台所の流しに向かい、黒くくずれかけたスポンジをごしごし動かす。

布巾と善造の湯飲みを洗い桶の漂白剤につけ、食器乾燥機のスイッチを入れるとふき子は静かに勝手口から外へ出た。

「ふき子」

つっかけ履きをかたかたいわせて敏子が裏口からやって来る。

「お母さん、お願いやから横になって」

「これあんたに頼みたいねん」

敏子はにこっと笑顔で四角いものが入った袋をふき子のカーディガンの胸に押し付けた。

ふき子は何も言わず空の月をあおぐ。

厄介ごとだ。

「理恵さんは？」

「あんな子よその子やないか。こんなことあんたにしか頼まれへん」

明夫に頼んだら、とふき子は言いかけて、あんたしかいないという母の方便がここちよくて頷いてしまう。

「どないしたらええの」

「どろぶけの駐車場の集金や。月末が締めやねん。倉木ですゆうたらわかるわ。知らん顔してるわけにもいかへんから、行ってくれるか。悪いな」

「けったいな病気になってしもうて」

ふき子は涙を押さえながらつい愚痴をこぼした。

「手と足がなんやだるかってん。夏に冷《ちみ》たいもん食べすぎたせいやと思ってたんよ」

「それや」

月はレントゲンで見た手の骨のように薄く、いかにももろそうに透けていた。

敏子はふだん明夫夫婦にそうしているように回収したお金はあんたの小遣いにしとき、

と悪気のない目で言った。

「あんたも日南子ちゃんらの学費がいるやろ」

「私は明夫とはちがう。きちんと集金して、お父さんに渡すわ」

真面目にふき子は言い、さばけたところのない娘に敏子は不満の言葉を冴え冴えとした白い月の下でぐっと飲み込み、二人の間の言葉にならない溝だけがはっきり露わになった。

3

ふき子の生活は急に忙しくなった。一瞬でも立ち止まっていられないほどくるくる状況は変わり、ゆっくりと善後策を考える間はなかった。

早番の仕事をしながら二日に一回、明夫夫婦と交代で無菌室に入院する敏子の様子を見に行った。幹線道路を東に病院へ行き、西を向いて重たい足でアクセルを踏み、夕方には母屋で善造の身の回りの世話をした。

九月といってもまだ暑く、古椅子の上に兵児帯《へこおび》で結び付けられた背の低い扇風機が回転していた。勝手口の網戸を開けると、流しの蛍光灯の下で善造はステテコにらくだの腹巻姿で皿洗いをしていた。

「お父さん」

呼びかけられた善造はおう、と人懐こい笑顔を見せた。

「理恵さんは？」

「めったにこっちに下りてこんわ」

農家らしく水をおしんで洗い桶の皿を善造はがちゃがちゃと回した。

「皿がずるけてどもこもしゃあない」

「洗剤をつかうの」

ふき子は流し台の横に立ち、食器洗剤を泡立て、汚れのない皿から順にこすってゆくのだと七十一歳になる父親に教える。

軒先の物干しでぱりぱりに乾いていた下着や作業着を取り込むと、薄暗い台所でふき子はたたんだ。

「このおかず、新築から持ってきたん？」

小皿に移した生姜焼きとポテトサラダを見てふき子は聞いた。

椅子に座った善造は苦々しい笑い方をした。

「食費としてひと月五万渡せやて、明夫が昨日《きんの》言いよった」

五万円。

「わし、一人で五万もご馳走よう食わんてゆうたんや。そしたら明夫、食費にプラスして理恵が新築から母屋へ運んでくる手間賃やて言いよった。手間賃て同《おんな》じ家の中やないか」

「ふうん」

「わし、そんなもんよう払わん」

て、わしわしと頬張った。

ふき子は敏子がいたらきっと持って帰りと包んでくれた桃林堂の箱から饅頭を一つ出し
善造は新婚時代から息子夫婦に月々八万円の援助をしていた。今では私学に通う孫たちの学費まで負担している。そのくせ理恵は田植えや籾摺《もみす》りなど人手がいる農作業に一人だけ出てこなかった。

私は明夫さんと結婚したんであって、倉木の家の嫁になったわけではありません。土なんか触って手が荒れたらどないしてくれはるんですか、と善造にまくし立てた。

そんな理恵が家事で手間賃を稼ごうというのだから、明夫の勤める電機メーカーも不景気らしい。

「私、夕飯運んでこよか」

「すまんな」

黒く日に焼けた善造はぽつりと言った。

「お父さん。明日、病院へお見舞いに行こう」

善造は首を横に振った。農業委員の集まりがあるし、堂山の後援会に、戦死した兄の関係で遺族会の役もしていた。「これからわしがおらなんだら田んぼの守《も》り、誰がやってくれるねん。明夫か。守さんか。お前らでは、滅多にようやらん」と言葉に力をみなぎらせる。その上長年ふき子がひそかに気をもんできたことを指摘した。

「ふき子。夏の間に守さんに二階片付けるよう言えよ。いつまでもあのままではおいとかれへんぞ」

蛍光灯の白々した灯りの下で善造の元々鋭いばかりだった一重の目は、目じりがたれて深い皺が刻まれている。

ふき子はいつも通り悪役になるのを覚悟で父親に言い聞かせた。

「血清の治療をする前に、絶対に顔を見に行かないとだめ。万が一のこともあるんやからね」


しゃかしゃかする化繊の手提げを胸に抱えて、薄紫色になった空の下、交差点にかかる歩道橋をふき子はゆっくりと渡った。

切れたグロー球のように星が濁った光を放っている。

交差点の駐車場は真っ暗で、足の下を轟音を立てながら赤と白と黄色のライトが流れ、またぴたりと音は止み、一台また一台と行儀よく右折してゆく車のヘッドライトだけが道の先を照らした。

ふき子は父親がすでに敏子をあきらめているような気がした。尋常小学校を出ただけの善造が病気の重大さや治療の方針をどれだけ理解しているのか怪しい。腹違いの兄たちを戦争で亡くし、親を見送り、姉と甥を立て続けに見送った善造は、手をつくしてもダメなものはダメだと命に対してあっさりと見切りをつける。ふき子は善造ほど心の準備ができなかった。敏子が元気になって帰ってきたら母屋は元通りになると信じていた。実際は敏子が入院してもしなくても一族は世代交代の時期を迎えつつあり、ふき子は実家の中で脇役のさらに脇役へと押しやられる立場だった。

ふき子は来るときに回収したパン屋と雀荘の駐車料金が入った手提げを左手にかけて、りいべと赤地に白で書かれた看板のようやくともった灯りの前に立った。すぐそばには前の道を通る度に嫌でも目に付き、村の評判になっている石材が積まれていた。

ドアの中は光の斑点が床から壁から天井からくるくると回転していた。

りいべのママは駅のそばの賃貸マンションに小柄で体格の良い老人と住んでいるらしかった。夕方の時間になるとちりちりした真っ黒な髪を背中に弾ませ赤やピンク、紫など原色のワンピースの短い裾から鶏がらみたいに細い、膝ばかりが目立つ足でがにまたに歩きながら、かかとの高い靴でどろぶけのそばのりいべに出勤した。

「あら」

カラオケがひとしきり終わってミラーボールが停まり、勇気をふりしぼったふき子がごめん下さいと言うと、ママはじろじろ見た。

「前の駐車場の倉木です。今月分いただいてくるように母からいいつかってきました」

近くで見るとママは敏子よりも老けていた。

店は六畳ほどでカウンターと四人掛けの小卓が二つあった。「昴」を歌っていた花柄のドレスの女が水色のシャツの肥えた男とふざけ合っていた。足の下の絨毯も椅子も壁紙も真紅で、ベルベットの宝石箱の中に入れられふたをぱちんと閉められたような息苦しさだった。

「ゆりちゃん、お茶出したげて」

ママはふき子を誰もいないカウンターの隅に座らせると、接客をしていた花柄の服の女に言いつけて奥に消えた。

「あれえ、どっかで見た人やと思うたら」

ゆりちゃんと呼ばれた田中めぐみが胸も露《あら》わに、訳知り顔でにやついている。やられた。ふき子は苦笑する。母という人は。めぐみが働いているのをわざと黙っていたのだ。

めぐみは焼きそばを頬張っている男の腕をゆすった。

「堂山さん。ほらご対面」

堂山友敬は横目でふき子を認めると、悪さの現場を取り押さえられたようなどきりとした顔をした。

「ふき子やんけ」

友敬は看板に貼られた選挙ポスターよりも真っ黒に日焼けし、うっかり幼少の頃の呼び方をした。

「こんばんは」

「おう。ママの焼きそばけっこういけるで」

親し気な友敬をふき子はぴしりとはねつける。

「あんた、倉木の家と親戚やてでたらめ言いふらしてるらしいやんか」

つきのない日だった。めぐみと堂山友敬にばったり、こんな場所で、こんな集金姿のところに出くわすなんて。

友敬はいつの間にか村を出てふき子の娘たちと同じ校区に住んでいた。素知らぬ顔で同じ小学校に子供を通わせ、PTAの役員をしていたかと思うと、日南子が四年生の頃には副会長、翌年には会長におさまった。公立中学を卒業するまで毎回PTA新聞で友敬の顔写真を見なくてはならなかった。

善造は去年、堂山とこの息子が近所の誰彼に倉木の家とは遠縁やと言いふらしていると怒っていた。けったいな奴や。村の中の親類はふき子の家も合わせて五軒だけだ。それを聞いてふき子はなるほど、友敬らしいもって回ったやり口だと感心した。

「あらお知り合い？　ほなめぐちゃんでええか」

いつの間にか戻っていたママは三人を眺めた。

「小学校一緒やってん。ふきちゃんの方が二つ上やねんけどな」

ふき子はなれなれしいめぐみを無視した。

「ことここは小学校の同級生や。いや、正確には幼稚園からか」

友敬は面長の顔に思い出し笑いを浮かべる。

昔、このあたりで幼稚園に通うのは友敬とふき子だけだった。

「雨降るとな。おれとこの親父がジープでふき子とおれと乗せて駅前まで送ってくれよんねん。ま、ゆうたら幼馴染やね」

「あんたとこのおっちゃんはかっちりした人や。うかうかと乗せられて、選挙みたいなもん出はれへん」

へっと友敬が笑い飛ばす。ジープか堂山建設のトラックでおっちゃんが迎えに来てくれて、うんと高い助手席から他の車を見下ろしながら走るのは子供心に爽快だった。

幼稚園の頃、友敬はしつこくふき子の髪を引っ張るやらしい子だったが、小学校に上がると手を出してこなくなった。百姓の子は百姓、土建屋の子は土建屋、役人の子は役人と大人の世界のあれこれが子供の世界にも影響した。ふき子の方でも相手の気おくれにつけこんで、制服にチョークがつくとわざと友敬の別珍の制帽を取ってきてさっと掃除したのだから、幼稚園のことはおあいこだった。

「おれは土建屋一筋の親父とはちがう。志あるよってな」

「市長のお先棒担がされんなんで」

「市長て竹部剛《たけべつよし》？　うち、まあまあタイプや」

友敬の隣でめぐみがうっとりと目を閉じる。

「やめて」

ふき子は眉をひそめる。

春に三期目におさまった竹部剛はずいぶん羽振りが良い。ふき子の家は後援会でもなんでもないのに、突然お供を十人もひきつれずかずか家の勝手口の前まで入ってくると、草むしりの最中で軍手をしたふき子の手を握った。えらが張って恰幅が良い竹部剛はファンにするように、握手した手をさらに左手で撫でながらふき子の目を暗黙の了解でもとりつけたつもりでのぞきこんで帰った。ため池をつぶして地下駐車場にパイプオルガンのある文化施設を建てたかと思うと、毎年成人式を行う巨大な体育施設をいつの間にかこしらえた。ふき子はたまに敏子のお供をして阿倍野に出かける際、電車の窓から民家や無花果《いちじく》畑の向こうに高い煙突のついたクリーンセンターの白い建物がそびえるのを見て、竹部剛に力が集まって、誰にも止められないほど強く大きくなるのを感じた。それは善造が二階の収集物を捨てに行けと口を酸っぱくして言い、プラスチックを分別せずに燃やしてもダイオキシンも出ないと評判のゴミ処理施設だった。

「ここ、ふきちゃんが来るようなとこちゃうで」

そう言ったためぐみの腕の肉をママはにゅっとつねった。

「用もないのに来はれへんわ、ね」

同窓会でもしてて、とママは常連客の相手をする。

「昴」を歌っていた友敬の連れは携帯相手に大笑いしている。

薄暗い照明の中をゴキブリの子が右往左往して走っている。

グラスの曇りが水滴になってゆく。

「堂山さんとふきちゃんて中学までずーっと一緒やったん？」

「ふき子はおれら商売屋の子ぉとはちがう。なんせ富ヶ丘一中に通ってたんやで」

ふくみのある友敬の言葉にめぐみが白々しく驚いた。

「わざわざ？　近鉄乗って？」

「おれらと同じ地元の中学校に通うたりしやへんねん」

友敬の切れ長の目が執念深く光った。

「そういう時代やったんやわ」

全部がそうだったように善造や祖母、寺西のおばちゃんが相談して決めたことだった。地元の中学に進んだ従兄弟は、部落から来てる子ぉもいるでと話していたが、ふき子が聞いても善造たちは電車通学させる理由をはっきり言わなかった。

「差別やっ」

めぐみはふき子の越境入学のせいで自分の立場がまるで不当に扱われた現場を押さえたみたいに、通る声で叫んだ。

ちかちかした光がまたたく店内にその言葉は妙に懐かしく、また特有の輝きを放って消えた。

従兄弟の声音《こわね》にはふき子をつっついて、こわがらせてやろうという不快なものがふくまれていた。その不快なものを、ふき子も成長と同時に無頓着に身につけた。幼い娘に対して、幼稚園は文部省の管轄で、保育園は厚生省の管轄やねんで、などと幼稚園の方が上等のように吹き込んで、平然としていられるくらいだった。

保育園の中は働く側も子供を預ける側も、目に見えないけれど確固として段々があった。

そういうところでふき子はお小遣いのために働き、めぐみは兄との二人暮らしを支えるために働いていた。その一見不透明な不平等を、めぐみが見逃すはずがなかった。

「ゆとりある連中は、うまいこと抜け道つかいよんねん。明夫くんも一中やったやろ」

「明夫くんはちがうで。関西学園の附属中学や」

めぐみは姉のふき子が鼻白むくらい素早く友敬の勘違いを訂正した。

ママが黄色いかごに山盛りのおしぼりを運んでどんと置く。

「ふきちゃんのお母さんどっか具合悪いんやろ」

めぐみは隠さなくてもいいというように、ふき子の集金袋を握りしめる指先をじろじろ見つめながら囁いた。

「実は膝の手術で入院しているねん。あの年でしょう、リハビリとか後々まで大変みたい」

「ふうん」

めぐみはふき子に夜のバイトを知られたので開き直ったのか、次から次へと探りを入れた。

「ほんでふきちゃんが代わりに集金にきたんや。明夫くん、いずれ自分のもんになるんやから自分でやったらええのに」

めぐみは白くて丸々した肩と胸の肉を大げさにゆする。

「パチンコでこの前、五千円貸したげてん。飲み屋の集金くらい男のあんたがしいやて言うといたげる。ふふ」

「田中さん、パチンコするの」

ふき子は弟がギャンブルで一度ならず二度も借金をこしらえて以来、きっぱり止めたはずだと信じていたのでつい息をのんだ。

めぐみはふき子を驚かせて気をよくしたらしかった。

「女一人来てる人もおるで。うちは金額決めて打つだけやけどな、じゃらじゃら音聞きながら、玉打っとったら嫌なことみーんな忘れんねん」

「そう」

ママは手をのばしてふき子の前の机を大きく輪をかくように拭く。

「お知り合いもいることとやし。ちょいちょいのぞいてね」

お母さんの膝お大事に、などと憎たらしいことを言ってふき子は体よく追い払われた。

次の日から園庭で氷鬼をしているときなど、ちらっと背の高いめぐみがふき子の視界に入ったけれど、二時間のパートが終わるまでめぐみは一度も近づいてこなかった。

4

ビニールカーテンつきのベッドの中で敏子はどんどん無口になった。赤血球、白血球、血小板、血の中の細胞全てを補うため輸血を受けて何とか生きていた。ふき子は医者に症状が良くなる期待をこめて手作りの物を食べさせてもいいかと聞いたが、かまいませんが血液には一切関係ありません、とあしらわれた。それでも負けずにシジミのおつゆ、じゃがいものポタージュなどをこしらえて病院へせっせと運んだ。

無菌室の狭い箱に閉じ込められた母がふき子は腹立たしかった。血清を打つしか治療の方法はなく、それも体調が安定しなければ難しかった。無菌室で空気清浄機のかすかながら絶えずしゅうしゅういう音を聞いていると、敏子はもう回復して箱の外に出て来ることはないような気がした。

菜園に囲まれたふき子の分家は建てられた当初以来のにぎわいを取り戻していた。善造は突然始まった話し相手のいない生活に耐えかねて、毎日分家の庭に脚立を据え、白内障が進み医者から止められている剪定に励んだ。ちょん、ちょんという枝を切る音に、ふき子の耳は慣れ切ってしまい時計の秒針のように意識さえしなくなった。敏子の入院によってまるで舞台が一時的に母屋から分家に移ってしまったようだった。相棒を失った善造は分家の庭にいる限り畑仕事に、植木の剪定にといくらでも時間をつぶすことが出来る。何より娘婿が集めた二階中を埋めつくす外聞の悪い収集品を片付けさせるという格好の大仕事があった。

「おかえり。みな積んだで」

ふき子が保育園から帰ってくると、明夫が梅の木のそばに善造の軽トラックを停め、荷物を積み上げ終えて待ち構えていた。

「ようこんだけ集めはったな」

弟の感心したようなのんきな口ぶりにふき子はむっとする。

「えらいもんや」

明るい空の下、荷台にはどろぶけの騒動の日にビニールひもで縛り上げた雑誌と写真集が、善造の指示らしい几帳面さで表紙の向きも高さも同じにして綺麗に並んでいた。ふき子は羞恥よりも安堵を感じた。こうして母屋に対して開けっぴろげになったのは夫の猥褻な趣味ではなく、二十五年もの長い間解決できなかった夫婦仲の齟齬だった。

「もたもたしてたら、日ぃ暮れてまうで」

脚立にまたがった善造が叱りつけた。

丁度トラックの荷台一台分だ。二階の荷物の三分の一を処分するのを守はしぶしぶ黙認した。

日南子も年頃やし、結婚して二世帯住宅にでも改築するんやったら、あのままにはしておかれませんよ。分家の将来の話にすり替えてふき子は夫を説得しようとした。結婚以来暮らしてきたこの家に、守のものは何もなかった。家はもちろん、植木だらけの庭も、妻のふき子や娘たちも、すべて母屋の善造のものだった。屋根裏のような二階にこっそりため込んだビデオテープと雑誌だけが守に属するものだった。自分のものではない家の未来を、守が気にかけるはずがなかった。守は処分して良いとは言わなかったが、処分するなとも言わなかった。保育園の後で捨てに行きますよ、と念を押すと、ゴミ処理施設の職員の中に仕事関係の知り合いがいたら恰好が悪いからと、ふき子に丸なげしてしまった。

明夫は運転席に乗りこみ不器用に軽トラックを発進させる。善造の汗じみたいがらっぽい臭いのする助手席によじ登り、ふき子はジャージのお尻を熱せられた座席に焼かれた。道路の端に停めると明夫はのっそりとした鈍い動作で門を閉めに行った。この半年で明夫は急に腹がつき出し、額の毛が薄くなった。

小学生の頃、明夫には学芸会で披露した持ち歌があった。タイツのしっぽをぴんとさせて、ネズミたちを食べてやるという愛嬌のあるどら猫の歌だ。ふき子は機嫌がいいと皿洗いをしながら、未だにそのときの歌をすらすらと最後まで歌うことがあった。

「姉さん。コレない？」

明夫は荷台のものを気づかってゆっくりと急な坂道を下りながら、遊びにでも行くように親指と人差し指の輪を作ってねだった。そういう仕草をしても、あの愛らしいどら猫姿が重なって見えるのだから、完全に病気やとふき子は自覚する。

「そんなもん私が欲しいわ」

姉にぴしりと腿を叩かれても明夫は応《こた》える風もなかった。敏子はちょいちょいお昼代という名目でいい年をした明夫に小遣いをやった。理恵が財布のひもをしめるほど、対抗して敏子は千円札をせっせと渡した。

「どろぶけの駐車場代どないしたん。おれ行ったろか？　姉さんに行かせるの気の毒やわ」

明夫は神妙に言った。

「気持ちだけもろとくわ」

「りいべの旦那こわいで」

交通安全と刺繡された紺色のお守りがバックミラーにぷらぷら揺れる。

めぐみは明夫に哀れっぽくりいべのバイトの話をしただろうか。

「もう行ってきた」

明夫は悪い猫が賢いねずみたちに出し抜かれたときのあ、という顔をした。

「つけのぶんまでもろたんかいな」

ふき子は鼻先で笑うだけにとどめた。

「姉さん。どろぶけのぶん、おれに融通してくれよ」

あらかじめ調べてきたのか普段滅多に通ることがない道を明夫は迷うことなく走り線路の遮断機を越えると、河川敷沿いの人気《ひとけ》のない道に出た。いつも阿倍野橋行きの急行電車から見えるゴミ処理施設の白い建物がすぐそばに迫っていた。

「あっこの分はいつもおれがもらう決まりになってんねん」

「あほ」

明夫は簡単に化けの皮をはがした。

「あっこの分てどこのぶんや。自分のもんになってから言い」

竹部剛の肝いりで建てられたゴミ処理施設は白いボール紙の箱をひっくり返したような形をしていた。

「父さんかて、もうちょいさばけてくれたらなあ。理恵の里からええ話あんねんで。井口も寺西も土地活用で仰山《ぎょうさん》もうけてんのに。交差点の納屋、駐車場やそこらで遊ばせとくのもったいないで」

嫁の実家に倉木の家のことに口出しされて平気なのか、ぶつぶつ言いながらゴミ処理施設の方へ曲がる。

手前には焼却の際に出る熱を利用した温水プールと室内運動場が併設されている。プールの駐車場を通り抜けてゆくと係員のいる別の入り口があった。目の前に白い箱型の建物が迫っていた。

明夫もふき子も屋根のついた計量機の上に停めた車の中でじっとした。

再雇用らしき日焼けした年配の係員は事務的に表示された重量を示すと、「どうぞ」と言って頷いた。

ふき子と明夫はどうしたらいいのかわからず、目と目を合わせる。

市の広報に書いてあった通り役所で許可書をもらうところで、ふき子はやりとげた気になっていた。二人とも運んで来さえすれば、誰かが受け取って重さに応じて数千円のお金を払って引き取ってもらえるものだと勘違いしていた。

明夫が初めてなんですけどどこへ捨てるんですか、と気さくな風で聞くと、真っ黒に日焼けした係の男は、「上ですわ」と言い人差し指で透き通ったきれいな空をつんと指した。

明夫は「上やて」と姉を見て頓狂な顔をした。建物の壁には四角い穴が切ってあり、その黒々した素っ気ない穴が入り口にちがいなかった。ふき子は穴へと入って行く勇気はなかった。月水金に回ってくる青色のゴミ収集車が最後にたどり着く場所がどのような所なのか見当もつかなかった。

　ふき子はやっぱり引き返そうと明夫のシャツを引っ張った。係の男はふき子たちの様子を観察していた。明夫はいかにもわずらわしそうに舌打ちを一つすると、サイドブレーキをすとんと解除し長靴の足でアクセルを踏んで車を前に進めた。

　ちっぽけな善造の軽トラックは簡易な直方体の建物の中に飲み込まれた。

　ざらざらとしたコンクリートに輪っかの滑り止めついた急な上り道だった。ヘッドライトを頼りに急勾配を何度か回転して上の階へ上の階へと上る度に、ふき子は胸苦しさが突き上げてきてドアの上の取っ手を握りしめた。明夫はやるべき仕事をさっさと終わらせようと急いで上れるところまで上りきると、汚れた鉄板の行き止まりの前でサイドブレーキを引いて止まった。どこが行き止まりなのか分からないだけに、入り口にたどり着いたのはありがたかった。目の前の扉はなかなか開かない。ずいぶん蒸し暑かったし、息苦しかった。ふき子は狭い、密閉された場所が苦手だ。

「あんた、田中とこのめぐみと会《お》うてるらしいな」

だしぬけにふき子は傾いた姿勢で座ったまま上ずった声を出した。

「ふん」

「パチンコでお金借りたんやて？　このごろよう会うて嫌味言われたんやで」

「田園でちょっとお茶しただけや」

何の気なしに駅前の喫茶店の名前を出して、明夫は認めた。善造と一緒で閉所恐怖症の姉が圧迫感を感じているのを分かっていた。

「たまたまやがな」

「たまたまな」

口の中の変な唾をふき子は飲み込む。

交差点の納屋には元々壊れかけた鍵しかなかった。ちょうど明夫が高校一年生の頃、善造は弁当箱のような南京錠を取り付けたのだ。

噂の欠片は長年ふき子のポケットの底に入れっぱなしだった。それはとても小さく普段忘れていたが、ふとした瞬間に別のものを探そうとすると棘みたいにちくりとふき子の指を刺した。

微笑ましい交際だった。朝夕の送り迎えに、歩きながらのお喋り。ふき子は両親に黙っていた。母を心配させたくないというよりも、母のかわいい明夫がよりによって田中めぐみとくっついていると思うと、敏子の鼻をあかしたようで気分が良かった。

塾の帰りに一休みしようと交差点の納屋に立ち寄ったのだ。秋の夕方の時間だった。黒い自転車がベニヤ板の奥に停めてあった。善造がペンキで書いた明夫の名前のかっちりした書体をふき子は覚えている。善造譲りの意地の悪さと正義感から、ふき子は納屋の戸を少し押した。納屋は暗かった。明夫とめぐみ。産んで育てる、だか、一人で産むだったか、めぐみは強い声で明夫に宣言した。

敏子は毎度そうしていたように祖母の言いつけで田中に相当のものを渡したはずだ。田中の家は一瞬羽振りがよくなり、すぐに元よりひどくなった。何が本当か誰にも、当のめぐみにさえ分からない、と年齢を重ねたふき子は思う。めぐみはあの兄とそっくりで生活力のない父親の思惑に従うしかなかっただろう。当時の娘がたいがいそうで、ふき子だってたいてい母の思惑に従ってきたように。

「おかしなとこうろついてたら、すぐ私の耳に入るんやで」

姉の口やかましい説教に明夫はふんと笑って、何か言い返そうとした。

注意をうながす黄色いランプの光の回転と共に、鉄の重たい扉は持ち上がって、さっさと入るようにけたたましい警戒音を上げた。待ちかねたように軽トラックはその奥へと進んだ。

たどり着いた場所は黒々した広い作業場のような所で、奥にはガラス越しに操作盤のようなものがあり作業服につば付の帽子をかぶった男たちが数名椅子に座って、現れた軽トラックを眺めていた。人の生活を健全に保つために絶えず吐き捨てられる毒の臭いを日々嗅いでいる男たちはひどい年よりに見えた。実際はそう高齢でもない作業員たちは場違いに現れた白い軽トラックの運転手と助手席の女を、ふいにはじまった余興を見るようにくつろいでいた。

「姉さん。後ろ見てくれへんか？」

「いややわ」

ふき子は人目も構わず、泣き言を言った。

「こんなとこ降りるの怖い」

「俺かて、後ろ見えへんのにバックすんの怖いねん」

そう真面目な顔で弟に言われて初めてふき子は体育館ほどの広さの場所の左右が奈落になっているのに気づいた。車を降りてまるでゴミそのもののような黒い床に立ってみると、トラック一台ずつが後ろ向きでつけるための場所が左右に五台分ずつ作られていて、そのうちの一つのそばに立ってみるとあまりの深さにジャージのズボンの膝ががたがた動いた。

体が豆粒ほどの大きさに縮んで、ぽんと宇宙の中に投げ出されたような果てしなさだった。切ないほど身が震えた。だらりと椅子に座り、びくともしない老人たちが憎かった。

今ふき子が立っているところからボール紙の箱の片方半分を見下ろしてみると、地上五階ほどの高さまで町中から集められたありとあらゆる種類のいらない、汚れた、腐敗したものがうずたかく積まれていた。高い場所から見下ろしているせいかまったくばらばらで無関係なゴミが、きめ細かく一定の規則正しさをもって密集していくつかの波のうねりになり、巨大なみっともない生き物が油断して寝そべっている背中にも見えた。逆さまにつき出た椅子の脚だの、愛らしい形をしているのにすっかり汚れたぬいぐるみだの、引き出しを失ったタンスだのから出来た、気弱で、動きののろい生き物だが、それでもうっかり刺激したら軽トラックごとひとたまりもなくやられるのは間違いなかった。

「ストップ。ストップ」

運転席の窓から顔を出して後退してくる明夫に、ふき子は慌てて両手を上げて合図した。明夫は荷台の後ろの倒れる囲いを下ろし、守の写真集や雑誌の束を一つずつ焼却炉の底へと放り投げた。ふき子がようやっと持ち上げて投げた雑誌の塊はすぐに足の下に落ちて行った。あまりの爽快さにふき子は手の痛みさえ感じなかった。十文字になった結び目に膨らんだ指をひっかけて、両手に持つと奈落に向かい「えい」と反動をつけて投げた。雑誌は小さな軌跡を描いたかと思うと、おびただしいごみの中にまぎれて消えていった。

二十年以上ふき子を悩ませ、二階でこっそりと増殖し続けてきた守の収集物は、まだ三分の一ほどでしかないがあっけないほど簡単に片付いた。娘たちを巻き込んで諍《いさか》いを繰返していたのが馬鹿らしいくらいだった。二人は座席にそそくさと乗り込むと、地獄の入り口みたいな焼却炉を後にした。外へ出て再び計量機に乗ると、係員が「三千八百円」とのんびりと言った。

明夫は悪い猫そのものといった顔でおどける余裕を取り戻し、肩をすくめる。明夫抜きではとてもやり遂げられない仕事にちがいなかった。

ふき子は安いものだ、と思いながら財布の小銭入れを探った。

敏子の容態は医者が心配していた通りに急変した。明後日から血清で免疫抑制療法をはじめようという矢先に、三十九度の熱が出たと理恵が連絡してきたのだ。サンバイザーに日よけのブラウス姿で軽自動車のハンドルを握るふき子は、病院を目指して外環状線を東向きに走っていた。

助手席には娘の日南子がデニムのショートパンツに、泥のついたふき子の長靴をはいたままでおさまっている。

今から様子を見に行くというふき子に、明日にしたらどうやと守は換気扇の前で煙草をふかしながら言った。

ふき子が夫を無視して車の鍵をつかんで勝手口の戸を開けると、今日も一日大学をさぼった日南子がホースで庭の水やりをしているところだった。枯れた胡瓜の横に、最後の茄子がいくつかなっていた。善造がやかましく水をやるように言う椿と山茶花《さざんか》の根元に日南子は丁寧に水をかけていた。この頃まだふき子の家では黒電話を使っており、あの肋骨に響くじりりりりりんという呼び出し音は、開け放った台所の出窓から庭中に聞こえていた。日南子は電話の音だけで異変を察知していたのか、その黒い目はおばあちゃんに何かあったんやね、とふき子に語りかけた。

「私も行く」。菜園の木戸のそばのガザニアの茂みにホースを放り出して、日南子がきっぱり言ったとき、ふき子はやはり確かめに行かなければと思ったし、こういう緊急のときに誰か付き添ってくれる人がいるのは安心だった。

夕方の道は帰宅を急ぐ車で殺気立っている。信号はすぐに赤になりふき子は何度もはやる気持ちを抑えてクラッチとブレーキを両足でぎゅうっと踏んだ。そのたびにふき子より背が高くなった日南子はふっさりした髪を弾ませて座席に引き戻された。

十五年ほど前、次女の実日子《みかこ》を産むためにふき子は今走っているこの道を、同じように助手席に日南子を乗せて運転した。臨月近い大きなお腹で汗だくになりながら、敏子が入院しているのと同じPL病院に妊婦健診に通った。

幼稚園児だった日南子を敏子に言われた通り座布団を二枚重ねた助手席に座らせ、兵児帯で背もたれにくくりつけた。すぐやからな、と言い聞かせると日南子は三十分もの道中黙って前を向いていた。大学生になった日南子はあの頃と同じように大人しく口をつぐんで、まっすぐ前を向いている。高校の頃から着ているショートパンツの真っ白でふくよかな太腿が揺れていた。

「二階のお父さんのあれ。私かて嫌やねんで」

ふき子は接近してくる後続車をバックミラーで確認しながら、独り言のようにつぶやいた。

「捨てて下さいて何回頼んだか。稼いだお金で何買おうと自由やて言われたら、私どうしようもない」

日南子は相変わらず前を見たまま身じろぎもせず座っていた。それがふき子には都合が良かった。

「次は一緒にクリーンセンターに行ってもらう。それまでの辛抱や」

赤信号で日南子の体はまたシートベルトに引き戻され、シートに叩きつけられる。この子、泥だらけの長靴のままや。みっともない。服もみすぼらしい、口紅も塗っていない。私がこの子くらいのときはもっと、とふき子は他事が頭をよぎり思い出し笑いを浮かべた。

「私も、別の人と結婚してたらな」

「山小屋で出会った大学生？」

日南子が初めて母を見た。

そんな話をしたのかしらと、ふき子は反射するフロントガラスに向かって目を細める。

「もっといい人」

ふき子はそれ以上話す気はなくなり、どっと押し寄せてくる現実的な不安に、痛む指でハンドルを握りなおす。クラクションを鳴らして走行車線を抜いて来る後ろの車にかまわず、追い越し車線を走る。

明夫たちに敏子の命を任せておくわけにいかなかった。

倉木の親戚の中で立て続けに葬式が出たのは、まだ阪神淡路大震災が起きる前だった。急に経済が傾き、村では銀行が預金を保証しないという話でもちきりだった。どこかの家では紙のお金は信用できないから蔵に金の延べ棒を積んであるとか、別の集落では玄関の敷石の下に現金を埋めてあるという噂だった。

　働き盛りのふき子の従兄弟がまず首をつった。

配置転換がこたえたんや。生活に困るような家やないのになんで、というふき子に守は煙草を吸うついでにそう言った。

　翌年には井口のおばちゃんが息子の後を追うように自ら亡くなった。死というとふき子も日南子もそのおばちゃんの突然の死を思い出さないわけにいかなかった。

　亡くなった年の夏、母屋の台所でおばちゃんは、家のお金が、銀行から下ろして来てもすぐ財布から消えますねん、と夏物の服の襟元をげっそりさせて話していた。

　ふき子は敏子と食卓越しに目線を交わした。敏子は傷んだ肉を口に含んだような顔で最後まで通り一遍な相づちを打つだけだった。ふき子も母に倣った。あちらの家もこちらの家も一緒というわけだった。その光景を小学生の日南子は居間で妹の実日子と遊びながら聞くともなしに聞いていた。

　あれは兄ちゃんがぽっぽないないしはるんや。敏子はおばちゃんが帰った後で、魚の臓物をチラシでくるんで捨てるように言った。

　どの家にもそれぞれ汚点となる人間がいた。そこから家族にがたがくるのか、家族にがたがきているから勝手をする人間が出てくるのか。わりを食うのは優しく、弱い立場の人間だ。おばちゃんの嫁ぎ先は分家筋に当たり本家の手前もあって、外聞にとても口やかましかった。二人の死には暴力のにおいがした。敏子は息子の性根が腐ってもおかまいなしにせっせと金を与え続け、粗野な有り余る愛情でその暴力に対抗した。母のなりふり構わない明夫へのかばいだても、ついに終わりを迎えるのか、とふき子はふと思った。

　目印の看板で信号を曲がると、ほっそりしたキリンの骨のような塔がだんだんと迫って来た。病院は芝生の丘とゴルフ場とため池に囲まれている。大駐車場に近い裏口から二人は入って五階までエレベーターで昇ると、花を持った理恵にばったり会った。

「あら。ふき子さん。日南子ちゃんまで来てくれたん」

付着した細菌の類が感染症を引き起こすからと禁じられている生花を理恵は抱え直して、姑の病状など他人ごとみたいにのんびりと言った。

「寺西のおばちゃんが息子さん夫婦と来てくれはったんです」

面会時間を過ぎた病院は、どこかからラジオの相撲中継が漏れ聞こえてくるだけで人気がなかった。

自動ドアの前で念入りにアルコール消毒してマスクをつけたふき子は倉木敏子さまと書かれた手前のドアを開けながら、「あんたはここで待っとき」と一緒に入ろうとした日南子をさえぎった。

昨日と打って変わって心電図のモニターが置かれている。太腿から入れたという黄色い透明な点滴の横に、輸血の真っ赤な管がうねっていた。敏子は布団を腹までかけてやつれた顔をしていた。

パイプ椅子に明夫は座って神妙にしていた。

「明夫。あんたわざわざ寺西に入院の話したんやて」

ふき子は明夫の前で仁王立ちになった。

「感染症に気を付けなあかんてあれほど言われてたやない」

窓からのきつい西日がしみて涙がふき子の目からこぼれた。

「あんたはお母さんを殺す気か」

病院の中だというのも忘れてふき子は弟の過去のあれこれを思い出してどなり散らした。

明夫はゴミ処理場へ行った日の親しさが嘘のようにだんまりだった。

「とー、なー、り」

ベッドのビニールカーテンの中で敏子の唇が懸命に動いていた。

「お母さんは黙って」

七色にてらてら光る中にいて現実感のない母にふき子は言った。

「しーい」

敏子はごつごつした人差し指を鼻に押し当て、目玉で横の白い壁を意味ありげに示した。

ふき子と明夫はつられたようにその壁に目をやり、顔を見合わせた。困惑の表情が広がる。

二人とも壁の向こうにもう一つの無菌室があることをすっかり忘れていた。

「こーこーせいの女の子」

敏子の口の動きをふき子たちは理解した。

「なんでお母さん高校生やて知ってるの?」

敏子の方ではすぐふき子の言葉を理解したらしかった。

「わて、行ってん」

「行った?」

ふんとだけ言うと目をつぶって眠ってしまう。

明夫はにやにやして肩をすくめる。

ベッドの後ろにはポータブルトイレがむき出しになっている。テレビが一台。卓の上には造花のマーガレットのかごと、食事の際に使う湯飲みとはし箱が並んでいた。それだけが敏子の生活だった。

「行ってきたって、お母さん。とんとんして、こんにちは隣のものですけどていうたんやろうか。点滴の管もついてるのに」

「さあな」

訳知り顔でにやつく弟を横目に、冗談のような気もしたし、敏子ならやりかねないとも思えた。隣の部屋の女の子はいきなり点滴をぶら下げたおばあさんが現れて驚いただろう。

「お母さんて、なんて人なんやろ」

「ちょっと頭《おつむ》おかしいねん」

笑う明夫のつるりとした額をふき子はぱちんとやる。

母くらいのいい加減さと行動力が、死んだおばちゃんに少しでもあればよかったのに。

ふき子はビニールカーテンの敏子の頬の辺りを指先で触った。

5

敏子の入院と、血液の病気のニュースはあっという間に村中に広まった。見舞いの電話がひっきりなしに鳴って、理恵はこんなことなら退院しはるまで黙ってたらよかったですわ、と今さらのように弱音をはいた。

善造は後援会の仕事と刈り取りを前にした稲の管理に余念がなかった。あっちの田、こっちの田と見回り、インスタントコーヒーを飲むためにふき子の家に立ち寄っては入念に庭木や生い茂る雑草を監視した。守はそうした家が居心地悪いのか、週末は黙って大阪市内に遊びに行き日が暮れるまで帰って来なかった。

ふき子はここまできてもへこたれなかった。何事も深刻にとらえない性格のおかげで、迫ってくる結末を知らん顔していることができた。ただ手の指だけが、ふき子の心よりも危機的な状態を察知したのを知らせるみたいに曲がっていた。

二日に一回、明夫と理恵と交代で病室に泊まり込む。無菌室に閉じ込められた敏子は、うんとううんを言うだけだ。好きに動くことが出来ない。そう思うと実家にいるときよりもふき子は母が近しく思えた。

「お母さん。もーんしてて」

ふき子は支えがいる敏子をベッドの手すりにつかまらせて牛のように四つばいにした。

敏子の体から肉はそげて、背骨の一つ一つがまるで抜きとられた歯に穴をあけ糸を通したようにごつごつとし、湾曲しているのが白い皮膚に浮き上がっていた。そしてその糸のような髄を流れる液体から白血球や赤血球をこしらえる正常な細胞は枯渇していた。尻は二つの皮膚がぶらぶらぶら下がっているだけだった。ふき子は昔出産のときに自分がそうしていたように、清浄綿のアルミの袋をやぶってその冷たさにびくりとする。

「ごめんな。ちょっと冷たいで」

「わたい自分でする」

「大丈夫」

　ふき子は水気のある冷たいシートを自分の手で挟んで気休めだけ温めてから、汚れた尻をふき取った。

　生まれたばかりの娘のおむつを替えたときをふき子は思い出した。しぼんだ敏子の体がむきだしの命に触れるようでふき子の手は震えた。

「おおきに。やっぱり娘やないとあかんな」

　横になった敏子はほっと溜息をついてつぶやく。

「あんたとこの二階、片づいたんか？」

「明夫とクリーンセンターへ行ってきた」

「そうか。あのせんせはコレで動《いの》いてくれはるさかい」

　母が病室で指図していたのか、とふき子は敏子の指の輪っかに笑ってしまう。

ふき子は簡易ベッドの中で天井を見た。子供の頃、敏子と眠るのは弟だった。ふき子は祖母の部屋で寝る決まりだった。もうなくなってしまった、以前の母屋の寝間の畳のにおいや高い天井の冷たい空気、こちこちと時を刻む居間のボンボン時計。線香のすんとした残り香、親戚の誰かれのピンポンも鳴らさずに土間の上がりたてに響くこんにちはーという大らかな声の響きを思い出した。そして姉さん、という明夫の親密すぎるせいでそっけなく聞こえる声に呼ばれた気がした。

「姉さん」

自分のはっと息を吸う音でふき子はうたたねから目を覚ました。

「おれ」

明夫がいつの間にかふき子を見下ろしていた。煙草のにおいが暗闇に漂った。

「お母さん。熱さましいれてもろて寝てはる」

毛布の中でいがらっぽい喉からふき子は声をしぼりだした。

「おれ、代わったるわ。姉さん、帰り」

「ええよ。家のこと守さんに頼んであるし」

付き添いの番でもないのに明夫がなぜ現れたのかふき子にはわからなかった。

「あんた仕事帰りか」

「そやで」

明夫はジャンパーのまま毛布の中のふき子の足に自分の足をねじこんで横になった。

「おれが代わったるて、ゆうてんのに。姉さんは、ええかっこしいや。いっこも融通がきかへん。せやから母さんに嫌われるねん」

明夫が話すといがらっぽいにおいがした。ふき子は弟に今晩、この場所で何か魂胆があったのだと見抜いた。無菌室には敏子の希望で財布が置いてあるが、ふき子が先週入れた五千円は消えていた。骨と皮になっている敏子からこれ以上何を取り上げようというのだろう。

薄い黄色のカーテン越しに明るい夜が広がっていた。

「さっぶう」

「肥えすぎや」

毛布をめくると、着ぶくれた明夫がぎしぎしとスプリングを揺らして丸い背中でふき子の体を壁の方へと押し付けてきた。ふき子は仕方なしに自分も体を横にして、弟の膝の裏に自分の膝を入れてじっとした。

ぼんやりと空気清浄機の耳の奥にはりつくような音だけが流れていた。

「あんた、夏休みに隔離病棟に入ったの覚えてるか？」

「別荘やろ」

「そや」

くくとふき子は笑い、思い出したのか明夫の背中も揺れた。

倉木の家では長いこと夏休みの入院を別荘行きと呼んでいた。ふき子が丸一日腹痛に苦しんでいると、次の日にはげっそりと黒い顔をした明夫が看護婦に連れられてきた。

夏休みの三分の一がつぶれてしまう長い入院だった。明夫が来てふき子はほっとしたのを覚えている。

敏子も善造も若かった。面会は雑草の生えた中庭で、病棟の窓ガラスをはさんで、何十メートルも離れているので、大声を出さないといけない。会話にならないので善造は短気を起こして、ぷいっと帰ってしまう。

「来てくれたんあの一回だけやったな」

そやった、とふき子はおかしく思う。

「青ひげ男爵の話」

ゾッとする、とふき子は顔をしかめる。

夜になると明夫は病院の天井のしみが幽霊に見えるとこっそりとふき子の寝床にもぐりこんできた。明夫は一人でトイレに行けなくなるくせに青ひげの話をせがみ、花嫁の死体がたんすから出てくるところでふき子の胸にしがみついた。夏になる度、子供たちが冷たいものばかり食べたがると、善造はまた別荘行かんなんで、とおどかした。

「つまらん夏休みやった」

明夫は手を膝の横にぴたりと添わしていた。鼻息と、空気清浄機の音とお互いの心臓の音しかしなかった。

ふとふき子は気になって腕をあげ左手でジャンパーのファスナーを半分ほど下げ、着ぶくれているセーターを無理やり押し上げて弟の胸に手を当てた。そこは焼けるように熱く、ふき子の手指が冷たいせいか鳥肌の立った皮膚はざらざらした手触りがした。心臓肥大になると大きくなった心臓のせいで、胸が盛り上がるのだと、ふき子は子供の頃から信じていた。予想した通り弟の胸は脂肪のせいだけではなくわずかにふくらんでいるような気がした。かわいそに。まだあのときのあれがなおりきらんと。

「理恵にもまだゆうてへんねんけどな」

「何」

声が自分の頭の中からするようだった。

「うっとこの会社今年いっぱいで倒産するかもしらん」

明夫は姉の手をどかしてジャンパーを閉じた。

「どこも不景気やからな」

ふき子はぎこちない姿勢のまま慰めの言葉を探した。

「この年で無職や。いっそ納屋で首つろかと思うわ」

「私の前でそんな冗談はやめて」

くさい息をかぎながらふき子はまだ井口の家の葬儀の記憶も生々しいのに、不謹慎なことを持ち出す明夫の頬をひねり餅や、と言いながらつねった。

「姉さん、金貸して。パートしてんねんやろ」

「なんぼ」

「十万でええわ」

　理恵の母親の目算にはずれがあるとしたら、明夫の人懐こさの裏返しの騙されやすさに気づいていないことだ。明夫はすぐに悪い方に転んだ。流されやすく、悪い物を簡単によせつけた。何度もそれで失敗していた。

　ふき子はのっそり起き上がると、冷たい床に足を下ろした。

　カーテンのすき間から無人のがらんとした駐車場が見えた。

「あんたは悪い子やないねん」

「説教はいらんで」

「高校のとき自分から誘いを断らんと不良の仲間に入ったのが運のつきなんや。お母さん、執行猶予がついて泣いて喜んでたわ。でも前科は、前科や。なあ。学歴と一緒や。どこそこ大学卒業、どこそこ大学中退。学歴と前科は死ぬまでついて回る」

　明夫の、敏子によく似た鉢の張った頭は動かなかった。

「お母さんは役所に就職させたかったやろうに」

　ふき子は密閉された空間で眠る母の心情がよくわかった。

　敏子は実家のつてを頼って明夫を地元で就職させるために駆け回った。大らかな時代で役所に口をきいてくれる親戚がいたのだ。別の仕事について別の人生を送っていたら、あの子は理恵と一緒にならんかったわ、と敏子は洩らした。

　そういう哀れな顔をすると姉が何もかも許すと知っていて、人間の弱いところをむきだしにするように明夫は笑った。

「まるでおれだけ極道やな」

「極道は一家に一人で十分や」

「おれも役所に入りたかったわ」

簡易ベッドの下の鞄からふき子はパーカーを取り出して小さくなりながら袖を通した。

「姉さんかて結婚して村を出た方がよっぽど幸せやったんとちゃうか」

母の心臓の緑色の波形をふき子は見ながら黙っていた。

ふき子は鞄から財布を出し、千円札をあるだけ四枚抜く。ぷんと金特有のにおいがふき子の鼻先に漂った。

弟がダメになればなるほど、自分のせいのような気がした。

紙幣を半分に折りまた半分に折ると、ふき子は骨のふくれた指で弟のズボンのポケットにまっすぐ押し込んだ。

胸の中がちりちりと疼いた。愛情だった。娘たちにも夫にも決して感じない、薄暗い愛情だ。明夫はたった数千円で手もなく言いなりになり、ふき子をやましい気持ちにさせた。母はお金をやる度にこんな、後ろ暗いそれでいて満ち足りた気持ちにひたっているのかとふき子は思った。

また敏子は目を覚まして喉が渇いたのか「ふき子ぉ」と呼んだ。ふき子ははっとすると鞄をベッドの下に押し込み、アルコールでごつごつした指を消毒した。うっとうしい透明なカーテンに顔を近づけて吸い口の水を、体を起こして飲ませてやり、さっきと同じ排泄の世話を繰り返した。その間に明夫は金の礼さえ言わずいつの間にか消えていた。

6

ふき子が久しぶりにめぐみと顔を合わせたのは、敏子が危機を脱していよいよ馬の血清の投与を始めることが決まった週で、同時に選挙の投票日の次の日だった。

月曜日の朝の一時間が終わると、次の一時間を年少組さんに入って下さいねと園長はふき子に指示した。園長は、応援していた共産党の市会議員候補が当選して、まるで身内のようにふき子にまで礼を言った。良かったですねと、ふき子は作り笑いで答えた。守の付き合いで家族全員が必ず共産党の候補に投票する決まりになっていたのを、話すはずもなかった。

二歳児のクラスの田中めぐみは新卒採用の担任の補助として、立ち歩いてしまう男の子のなだめ役をしていた。ふき子はめぐみの苦戦を知らん顔して、おしっこを漏らして黙っていた瑠菜《るな》という女の子をお手洗いに連れてゆく。

玄関ホールには給食室から昼食のおかずの揚げ物の香ばしいにおいが漂っている。

ふき子が子供用の洗面所で瑠菜の濡らした下着を洗っていると、教室を抜け出してきた田中めぐみが背後から素早く囁いた。

「堂山さん。ついに当選しはったね」

ふき子は身をすくめ、固く下着をしぼる。

めぐみは瑠菜に替えの下着をはかせてくれるわけでもなく、じっとふき子が苦戦する様子を眺めていた。

堂山友敬の当選をふき子が確認したのは昨夜十時過ぎにかかってきた理恵からの電話だった。お義父さんが今、堂山さんから立派な鯛もらってきはったんですけど、と泣きついてきたのだ。魚が苦手だというのでふき子は仕方なしに交差点の納屋まで自転車をこいで鯛を取りに行った。

大きさを手で計りながら守が、こんな当選祝いの鯛、後援会の関係者に持って来るのは失礼やで、と堂山友敬を責めると、ふき子はなぜだかまるで自分の非常識をとがめられた気がした。守は煙草をふかしながら、お義父さんや明夫くんはきっと堂山に入れたんやろ、といつもの吐き捨てるような口調で言った。後援会やから入れたんとちがいますか。今から電話して誰に入れたか父に聞きましょうか。そうやって夫を黙らせた。

めぐみはふき子が答えるはずもないのに訊ねる。

「ふきちゃんて、園長が応援してはる人に入れたん？」

「ううん」

めぐみは白い頬をゆるませた。

「ここの先生らみんな左翼やから、うかつなこと言われへんけどな。組合に熱心な人も多いし。パートにまでしょっちゅう勧誘してきはるやろ。ふきちゃん、絶対に入ったらあかんで」

左翼という言葉をめぐみはよそ者の意味で使った。

保育士の資格がない臨時職員やパートは近所の主婦が多かった。正職員は市外から来ている人が多く、仕事にも組合活動にも熱心だ。村中の人よりも、めぐみ流に言えばよそ者の人々の方が時給や、待遇の差にとても敏感だった。

まるで二人とも友敬を応援していたみたいだ、とふき子は床に膝をつき、ひらひらしたスカートなのかズボンなのかわからない服を、お人形みたいな瑠菜に着せながら思った。

「うち九月いっぱいで辞めるねん」

秘密を打ち明けるようにめぐみは言った。

「中百舌鳥《なかもず》にちっちゃいマンション買うてん」

めぐみはふき子が何か反応を示さないか待ち構えていた。

この頃、村を出て行くのはよほどの理由のある家だけだった。商売に失敗したか、人に言えない負債を抱えるか。代々続く家々は何とか持ちこたえていた。

「あっこ、兄と二人では不便やし」

「せっかくまたお近づきになれたのに。中百舌鳥やったらちょっと遠いね。ね、瑠菜ちゃん」

めぐみは社交辞令に対して「車で一時間や」と素直に返した。

ふき子はやたらとボタンがついたシャツに集中するふりをした。瑠菜は心配になるほど反応を示さない。ひとり親家庭で、他の子より言葉が出るのが遅く注意するよう言われている。めぐみは瑠菜が大人しいのを良いことにべらべらと喋った。

「ふきちゃんも頑張りや」

老眼の入りかけた目を細めて、花の形のボタンをふき子はかけた。

めぐみはふき子を憐れむ目で見下ろしていた。

「こんな狭《せ》っまい村。死ぬまで親きょうだいを切られへん」

ふき子は以前から気になっていたことを聞いた。

「田中さん。明夫が借りているの五千円だけで足りる?」

めぐみはふっさりと白髪のない髪を左右に振り、両手でいらないと手を振る。

「あの子、きっと返す気ないよ」

「ふきちゃんは真面目やな。あの噂信じてるんやろ。うちが明夫くんの赤ちゃんおろしたとか」

めぐみは二重になった瞼を細める。黒い目からはもうさっきの感情は消えていた。いかにも村の中にいそうな油断のならない女だった。瑠菜の生白い小さな手を握りしめて、ふき子は笑顔で聞き返した。

「違うの?」

ちゃうちゃう。

「ふきちゃんも明夫くんも、ほんま真面目」

めぐみはふき子なんか目の前にいないように、あっけらかんとピンクに塗られた大口で笑った。事務所のガラス窓越しに、パートの女性がパソコンから顔を上げて何が起こったかと思わず見た。

「嫌やこの子。ふけだらけやん」

邪険にされても瑠菜は感情を表に出さない。

ふき子は瑠菜を励まして、保育室への階段をのろのろのぼった。


善造が咲いている鶏頭の花をせっかちに倒してしまった庭を、ふき子はサンバイザーを頭に乗せて花を摘んで回る。夏の間さんざん食べた紫蘇の葉がぼうぼうと伸び放題に広がっている。昔蜜柑の収穫に使った鋏の色褪せた赤い輪のようになった細い持ち手が、変形した指の関節に引っかかって使いやすかった。オミナエシの黄色と、車百合のそばかすが散ったようなオレンジの花をふき子は切り、最後にどんな花にとぼしい季節であろうと墓参りのお供になる頼もしい小菊をたくさん切ると、上がり框《かまち》はにぎやかになった。

彼岸には二日に一回参らなければ、お墓の花はみじめになってしまう。

四時を回ってからふき子は日よけの手袋をはめて軽自動車で羽日ヶ丘の坂道をぐんぐんと上り、竹やぶのそばにある墓地の六地蔵の前に駐車した。

倉木家先祖代々之墓と刻まれた石塔の前には明夫と理恵が参ったのか花屋で買った花が、

その辺の石塔と同じようにしなびかけていた。ふき子はそれらをまた古新聞の上に置き、新しい水をひしゃくでくんでは花立ての生臭いぬるんだ水をこぼして入れ替えた。その横の小さい墓にも、斜めになった古い石塔にも同じようにした。

先祖代々の墓には孫のふき子をかわいがった祖母が眠っている。家に仏壇のないふき子は、切に祈る場所を祖母のお墓の前しか思いつかなかった。明後日から始まる敏子の馬の血清の点滴がききますように。ひどい副作用が出ませんようにと、ふき子はしゃがんでいつもより念入りに手を合わせた。

西日の中をがったんがったんとプラスチックのバケツに金《かね》のひしゃくを揺らしながら、寺西から、井口から、親戚の墓に小菊をさして回り、最後は戦死した善造の兄たちの墓に参ろうと水道で水を足しているときだった。

「こんにちは」

ポロシャツに日に焼けて真っ黒になった堂山友敬が水色のバケツを持って影と一体のように長く真っすぐ立っているのにふき子は気づいた。

「どうも」

友敬とふき子は会話には遠すぎる距離で向かい合った。

ふき子は当選おめでとうなどと言うつもりはなかった。

「めぐみ、どっか引っ越すらしいな」

友敬の方でも村中に知れ渡った敏子の病気を詮索する気はないようだった。

「そやね」

「お前かて知ってたんか」

ふき子は濡れた手でひん曲がったホースからカルキ臭い水が細くしか出ないのがもどかしく、栓をひねり続けた。水はひーと悲鳴を上げるような不快な音を立てながら、ゆるくバケツにたまった。

「田中さん、マンション買うたらしいで」

友敬が軽蔑したように笑い、ただでさえ細い目を細くする。そんなもん嘘やがなと、きつね顔で嗤った。

「あこの家にそんな金あるかい」

当選したことを祖父の墓に報告に来たのだ。ふき子は友敬の胸の内がよくわかった。母の治療の成功を亡くなった祖母に頼みに来たのと同じだ。

烏が尾を振りながら二本の足で、お供えを狙って砂利の上を歩いていた。

壊れてんのとちゃう、と友敬は水道の栓をいじくりながら、喋った。

「めぐみもまあ考えたらかわいそうな奴《やっ》ちゃで。明夫くんみたいなあほぼんにたぶらかされて」

「明夫はな、優しいねん」

「優しさは罪てか」

したたかなんは田中めぐみや。ふんとふき子は鼻をならし、変形した指に力を込めて蛇口をぎゅっと閉めた。

ちょうど目の前に首なし地蔵さんの丸い背中が見えた。不届きものに切り取られた首のところに、誰がしたのかつるんとした小さな石ころが置いてあった。水道の前の観音様の大きな香炉からいがらっぽい線香の煙が風に乗ってくる。

「お前、めぐみや俺をあほにしてるやろ。めぐみが親兄弟の言いなりで、嫁ぎ先で辛抱できんと出戻ってくる人間やからか。選挙に出て自分の名前連呼して回るんはみっともない人間か。お前とこの家やお前と、めぐみや俺らは別世界の人間やと思うてるんやろ」

「人間人間うるさいな」

「まあ聞けや。お前は、明夫くんをどっかでみくびってるねん。素行が悪うて、金借り倒して。しりぬぐいは全部親や。やってることは人間の屑や。屑以下や。お前が、優しいねんてゆうてられるのは、下にみてるからや。お前とこのおばんが死んでみ、全部ころっと変わるで。明夫くんと明夫くんの嫁の天下や。村のやつらもさんざん陰であほにしてたくせに、手の平返してちやほやするで。そこのとこよう考えとかんとお前の立場みたいなもんなくなんで」

がらんと堂山友敬は褪せたプラスチックのバケツをコンクリートの台の上に投げ出した。烏が人間のすきをつき、菓子をくちばしに咥えてふわりと松の木の上に飛び上がった。

ふき子は友敬の話に何も付け加える所がなかった。前々から思っていたことを、友敬が喋っている気がした。明夫が人間の屑なら、明夫をそのように扱っている自分も、父も、母も、人間の屑だった。

「きょう日、みな金、金、金や。けったくそ悪い。おれも、村中から誰か候補立てないかんて言われたら、出なしょうがない」

友敬は頬骨の張り出した痩せた顔の中で目だけ光らせた。

「堂山くん。あんた小学校の作文で、大人になったらお祖父さんみたいな府会議員になりますて書いてたもんな」

友敬は虚を突かれたような顔でサンバイザーの陰でくつくつと笑うふき子を見上げた。

「知ってる？　昔、あの辺まで墓あったやん。焼き場がここにあった時分や」

「ふん」

何を言うのかというように友敬はふき子の視線を追った。

今、枯れた花や新聞紙を燃やしているコンクリートで囲まれた四角い焼却所に焼き場があって、祖母の墓参りについて来ると、そこらにしゃれこうべ転がってるさかいうろちょろしな、と怒られた時代だ。

墓の傾斜の一番高いところまで建売住宅がびっしりと建ち並んでいた。そこも以前は石塔が並ぶ墓地だった。

「あの辺はみな墓で、そのむこうは山やったやんか。覚えているやろ。なんてゆうて売り出しはったか」

ふき子は友敬の目を見た。

「この度ぃ羽日山がぁミネアポリスに生まれかわりました」

友敬はきどった節回しまで再現して見せた。

「まったけ山はミネアポリスになって、あの通りや」

元は山だろうと墓地だろうと値段をつけて宅地にして売れば、安いからと買う人間も出てくる。そこを我が家として暮らす家族がいて、年を取って、家族がいなくなれば、廃屋になる。いい時は一瞬だけ、そのあとは一気に崩れて、消えてしまう。後には何が残るんやろう。

「ついこないだ小学校やったのに、すっかり年取ってしもた」

「何言うてんねん。同級生やで」

「堂山くんはこれからや。せいぜい捕まりなや」

ふき子はぽんと言い返した。

困惑したように友敬は黒いひさしに隠れたふき子の表情を探った。

「りいべ、金払ったか」

がっくんがっくんとバケツを揺らしながら体を傾けて歩いていく老人みたいなふき子に友敬は言った。

ふき子の背中にはそんな友敬に応える気配はなかった。

四角くフェンスで区切られた無縁仏の前にふたがどこかにいってしまった骨壺が転がっている。その高く積まれた様々な時代の石塔の山を曲がり、戦死者の星や碇のマークを付けた背の高い石塔の方へ消えたふき子に友敬は生真面目に訴えかけた。

「あの石、うっとこの親父が用意したもんやねんぞ。使《つこ》たら、ちゃんちゃんと返してくれよ」

7

選挙にそれぞれの落胆や喜びという区切りがついてあっという間に誰もが忘れたのと同じ頃、どろぶけの駐車場をふさいでいた長い石は誰が運んだのか二本とも最初からなかったみたいに消えてしまった。りいべのママが、ギンソウのカステラと一緒に滞納していた賃料を持って来はりましたわ、と理恵がさもうとましそうにふき子に電話で話した。村の中では、一体倉木の家はどうやってりいべに言い前を利かせたのだろうと噂になったが、誰にも、当のふき子にもわけがわからなかった。友敬が父親を動かして、撤去させたのだけは間違いないとふき子は考えた。

分家に珍しくよそ行きの服装をした善造が現れた。ムラサキシキブの後ろの、紅葉の伸び放題になった枝を珍しく善造は素通りし、旅行用の茶色いボストンバッグを提げてせっかちに勝手口から入った。

善造が母屋の二階に上って長持ちの中のたんす預金を確かめてみる気になったのは、長年の野良仕事で酷使した両目の白内障が進行し、来月手術が決まったからだ。自分の万が一のときのため、身辺をきちんとしておく必要があった。

「お父さん。昼間っから食べ物ある横でお札広げて」

「母屋では、ゆっくり勘定でけへんがな」

善造は苦情に耳を貸さずくったりした鞄から長持ちのビニール袋に残っていたお札を食卓に広げた。

日南子は大きすぎる黒いTシャツ姿で、二杯目になるココアのにおいをぷんぷんさせながらにやついた。

「おばあちゃん病気やのにそんなんする奴、明夫に決まってるやんか」

「明夫叔父さん、でしょ」

ふき子は娘をたしなめる。

「現金なんか家に置いといたら、盗んでて言うてるようなもんや」

とんとんと札をそろえていた善造が孫の言葉に苦笑する。日南子は母親の身代わりになって祖父に苦情を言った。

「日南子」

力なく叱るふき子を日南子は見つめる。

「お母さんて、ほんま明夫がかわいいんやな。昼間から、札束持ってこられて台所に広げられても嫌てよう言わへん。母屋の言いなりなんやね」

幼児の頃の面影をそのまま残している長女は、母の足元を見透かすように冷めた顔で言った。

「あんた、倉木の家のおかげこうむってるくせにどの口でゆうてるねん。嫌やったら出て行き。ここは私の家や」

ふき子はかっとして、日ごろ夫に言う喧嘩の切り札を娘にたたきつけた。

「子供はあんた一人とちがうで」

目の前の母と娘の争いが好都合とばかりに善造は指を舐めて、ひいふうみー、と札を数え続ける。

立ち上がった日南子は曇ったガラスみたいな目で食卓を見下ろしていたかと思うと、マグカップのココアをざっと流しに捨てて台所を出て行った。

ふき子は長女がいなくなってほっとした。日南子はふき子によく似ていた。母親の気を引きたいのも、母親の気持ちを先回りして読み取るのも一緒だった。

薄茶色い汚れを水道の水で流しながら、生意気な口をきく日南子が悪いとふき子は思った。古《ふ》っるいショートパンツに、素足あないに出して。まるで体から若くみずみずしい部分だけ、娘に吸い取られた気がした。

閉め切った台所に甘ったるい香りではごまかせない、すえた金のにおいがぷんとたちこめる。

善造と敏子の何枚もの通帳、紙幣が散らかっている。ふき子はここで数えるのは止めて、と言えなかった。この家の名義は善造で、税金を払っているのも善造だった。

「百七十五、百七十六、百七十七、百七十七万か。一千万には全然足らんで」

老眼鏡をずらすと、善造はそのすき間から上目遣いでふき子を見つめて、まったく手に負えないと根負けするように口をへの字にゆがめた。

ふき子は昨夜から鍋の水につけてあった初物の栗に包丁の角をくっと突き立て、皮を剝いだ。包丁を動かす瞬間の痛みをふき子は感じないほど我を忘れていた。善造が律儀に声に出して勘定する声を聞いていると、喉からみぞおちまですとんと内臓が抜けたようにうつろになった。

実家を訪れて敏子から二階に上がるよう呼びつけられたのは、素麵の季節だったから真夏だ。てっきり古着を仕分けているのだと思っていた。あのお中元を持って行った日に、お金を隠したんや。

そうや。長持ちのふたを閉めるためだけに呼ぶわけがない。

お金が入っていたと聞いてふき子は納得した。

銀行から引き出すと記録が残るが、たんす預金ならあいまいにできる。そういえばお盆の頃にふき子と二階へ上がって長持ちの話をしたわ。敏子が理恵や寺西のおばちゃんの前で話しているところがありありと目に浮かんだ。

長年使っているちびた包丁が栗の皮に突き刺さる。

「やっぱり足らん」

善造は灰色がかった瞳をよどませてふき子を見た。

ビニール袋の中にはきちんと白い紙テープで閉じられた百万円が一束とばらばらした新札が入っており、百万円単位で閉じてあった細く白い紙テープがトンボの死骸の羽のようにひらひら揺れていた。ボストンバッグの大きく開いた金具の口が刃物のように鈍く光り、その奥には黒々としたがらんどうが広がっていた。

「わしとお母さんと二人の間だけの話にしとこて約束したんやで。血清の前や。お前が、病院へ送って行ってくれた日やがな」

「ふん」

「明夫らに話したらややこしいから黙っとこてゆうてたんや」

「ふん」

「明夫か。お母さん明夫に話してしもたんやな」

何度も善造は首を傾げ、度が過ぎるほど生真面目に繰り返した。

「こんだけの金、何につこたんで？」

生来の愚直な目つきで娘の顔をねめつけるので、ふき子が笑う番だった。

「なんでなんや」

なんでて、それが明夫でそれがお母さんやんか。

それだけの話だ。いいかげんで、空虚、情に流されやすく、その場限りのつまらない嘘をつく。敏子の性分。母譲りの性質だ。骨の中に満ちた髄液からじゅんじゅんと血管へ送り込まれる。その血と一緒に、心まで壊れている。

借金の額に敏子は驚いただろう。寺西のおばちゃんに泣きついて融通できる額ではない。善造と嫁にだけは黙っていてくれと明夫は言い、それがまた敏子を混乱させただろう。そう考えると、敏子は家族の中で孤立していた。お金に潔癖な善造には相談出来なかった。肝心のかわいい明夫はいくら言葉でいさめても行動を改めようとしなかった。

夏の暑さとともに悩みは重く敏子にのしかかり、最後は骨の中の正常な細胞をつぶしてしまった。

病気もあの子のせいか。

流しの上のタイルに銀と茶のふっさりした渋皮をまとった栗を一つ置く。

善造を放っておいたら、母屋に帰って新築の理恵に金の使い道を問いただし、明夫を嫁と二人で責め立てるのは目に見えていた。

敏子にもらった包丁の手をふき子は止める。

「お父さん、銀行のカードはお母さんが持ってんの？」

「わし知らん」

善造はぽかんとした。

「残高確認しに行かなあかん。あの子に話すのはそれからやわ」

ここ数か月のどこかだるそうであいまいなふき子とはちがっていた。判断は素早く、早口の声にはいつにない張りがみなぎっていた。

こんと実を一つ光るタイルのはじにふき子は置いた。栗ご飯に入れるために包丁で剥いてしまうのがもったいないような立派な渋皮だった。赤くはれた指にかまわず、ふき子はつけてある鍋の中からひときわ大きなのをつかみとり、指先の鈍痛をものともせずせっせと包丁を動かした。

午前三時を回った納屋の交差点は信号機だけが律儀に、赤とグリーンに点滅するだけで車の流れがほとんどなかった。そんな時間に外へ出ることのないふき子は交差点の米屋の前の歩行者信号の辺りをじっと見つめていた。

土間の洗濯ひもから取って着た湿ったジーパンのお尻に伝わるエンジンのぶるぶるいう音だけが頼もしかった。

あの母にして、この娘ありやね。

明夫から電話がかかってきたときふき子は昼間包丁仕事をしすぎた指先がじんじんと痺れて、布団の中でじっと起きていた。三度目の呼び出し音が鳴り響いたとき守はそろりと手をのばした。妻の寝巻の奥の裸の腹を抱き寄せようとしたが、ふき子は身をかわして起きた。

姉さん、と呼びかける明夫の声は受話器越しにでも暗く、しょんぼりした顔が浮かぶようだった。病院の敏子から公衆電話がかかってきて、これから迎えに行くねんけどな。姉さんの車出してくれへんか。明夫は信じられないことをぬけぬけと言った。

ふき子はこんな夜中にあかんとはねつけ、すぐに父親に電話をかけてこらしめることも出来た。一千万のことはもう知っていると話すか。あるいは理恵の携帯に直接かけるか。明夫とあの母がそういう作戦に出るというのなら、こっちから乗ってやってもいい。そうするのが、今晩、これから敏子のしようとしていることを知る、唯一の方法だった。

横断歩道に現れた明夫らしき人影は赤信号を無視して、車通りのない交差点の真ん中を歩いて来る。腹を前につき出し、よちよちした、膝の関節を悪くした人の歩き方だ。

「おはようさん」

ふき子はパーカーの腕をのばして旧式のロックを外し、ドアを開けてにっこりした。明夫はここへきて深夜に姉が出て来ると思っていなかったのか迷惑そうだった。ぼそんと助手席におさまってから丁寧にドアを閉めた。

「アイドリング禁止の看板あんで」

明夫が言うのを無視し、ふき子はギアをトップに入れっぱなしで東へ飛ばした。

昔、夏休みに隔離された別荘から脱走を企てたのは、明夫だった。ふき子は真面目な子供で逃げだすなんて考えも及ばなかった。明夫は夜でも鍵を開けっ放しの職員用トイレの窓を掃除のおばさんから聞いていて、大丈夫だと受けあった。

ふき子はハンドルを握りながら不気味な思い出し笑いをする。

仲間内の楽しさが小さな車に満ちていた。善造も理恵も守も、後で知ったらかんかんに怒るだろう。

「お父さんは行けてゆうたん？」

ふき子は大声で聞いた。

「母さんがおれに迎えに来いてゆうたんやで」

明夫は生意気に胸を張って怒鳴った。

「理恵さんは？」とふき子がやり返すと「理恵には言うてへん」と明夫は言った。

いくつかの信号を無視した後、小学校の近くの榎の大木が視界に入ってふき子は赤信号の停止線の前で停まった。

明夫の体で狭い軽自動車の助手席はいっぱいだ。

お前は、明夫くんをどっかで見くびってるねん、と墓地で友敬が言ったのをふき子はありありと思い出した。弟を見くびってなんかない。私だって、あの子と同じくらい満たされず、愚かなんよ。そうふき子を買いかぶっているらしい友敬に言い返したかった。

「あのとき、看護婦に捕まったな」

ふき子は天井についた取っ手をつかんでおんぼろ車の振動に耐え、明夫が同じようなことを考えているのだと知った。ふき子はこんなときに、弟と事故でも起こしたらそれこそ馬鹿だと思って、赤信号で停まった。

「あんたがトイレの窓、よう乗り越えへんからや」

「ちゃうがな、姉さんがぼろい人形取りに戻ったからやで」

明夫はエアコンに手をのばしていじくりながら、姉の落ち度を罵った。

まだ誰一人長持ちの一千万の使い込みに気づいていないと思っているのか、気づかれてもいいのかふてぶてしい顔つきだった。

「お母さん、裏口におってくれるかしら」

敏子は元々待ち合わせ、というのが出来ない人だ。ふき子は今夜の脱走も五分五分で失敗する予感がした。

「おれ病院によう謝らんで。姉さん頼むわ」

敏子の計画に乗るだけ乗っておいて、明夫は匙を投げる。

闇の中に黄色く透けたような塔がいつもの姿勢で立ちつくしていた。

ふき子は注意深く目印にしている店の看板を見つけると、右折し山の方へ向かってはやる気持ちを抑えながら走った。病院の周辺はゆるやかな山道と、芝生の傾斜地がどこまでも続いていて、人家もなかった。山に沿って一本道をゆっくりと軽自動車はひたすら上る。大駐車場を素通りして、ふき子は車を病院の非常入り口のそばにつけた。

ふき子が顎で姉にうながされ、明夫はのろのろとドアの前に行って後ろを振り向くと、ふき子の予想通り首を横に振った。

「お母さん、いてないで」

敏子はすっかり行方不明だった。

ふき子は明夫の携帯で病棟に連絡した。五階の無菌室はからっぽで、荷物が消えていた。裏口に慌てて出てきた当直の医師と看護師たちは顔を見合わせただけで、軽率な家族を責めずに探す段取りをした。

実家に電話をかけると理恵が待ち構えていたように出た。「明夫くん？」という前のめりな声で、すでに明夫は理恵に借金から長持ちのことまで打ち明けてしまったのだとわかった。

ふき子は歩いて病院の入り口まで戻ると、来たのと反対の方向へ行ってみることにした。敏子は迎えに行くから待っていてという息子の電話の口約束を少しも信じていなかった。富ヶ丘の駅はここから元気な人の足でも徒歩で二十分はかかる。お金は財布の小銭だけだ。ふき子は母の財布にお札を足しておかなかったのを悔やんだ。

墨色の空に、白々した背の高い塔が赤い非常灯の光をまとって立っていた。低い生垣に沿ってゆるやかな下り道を歩くと塔は消える。ゴルフ場の芝生に、下り坂だらけの似たような道に迷って、敏子がとほうにくれていると思うとふき子はたまらなかった。

「姉さん」

明夫が間の抜けた声で呼びつけ、指をさした。

反対の歩道に黒いぐったりした塊が落ちていた。

敏子が持っていた小紋柄のナイロンの鞄だった。肌着と、見覚えのあるチェックのメガネケースが転がっていた。

「お母さんのや」

ふき子と明夫は暗い中、目と目で合図をして頷いた。

ぽろぽろと落としていくのがいかにも敏子らしかった。ふき子はさあ、というように明夫に手を差し出した。明夫はその手を取った。二人が子供の頃の軽やかさを失い、重くもたついた足取りで歩いて行くと、車道の脇にも敏子の買い物袋がぽんと落ちていた。

今すぐに、長持ちのお金を自分の目で確認したい。

だからといって明夫に電話をした敏子がふき子は腹立たしかった。お金で言いなりになる明夫。かわいい明夫。母の病気を何とも思わない明夫。もしかすると母の命さえどうでもいい明夫。敏子は明夫がかわいい。ふき子は口やかましくて、思い通りにならないかわいげのない子。

ふき子は弟の手を握って放さなかった。一度明夫がほどこうとしても、ふき子は痛みを無視して力を込めてつかんだ。

少し行くとゴルフ場をつき抜けるフェンスでトンネルのように囲まれた曲がり道があった。

二人の腕はぴんと張りつめ、まったく反対の場所を目指しているのに腕が離れなくなったようにじりじりと動いていった。

道端に敏子はいた。のそのそと具合が悪そうに、それでも前へ進もうと歩いて行く。左足を重たげに引きずっている。膝を痛めているのだ。

普段面倒がってかけようとしない老眼鏡をつけていた。心配していた髪はすっかり根元が白かったがパーマが取れた分だけ、若く見えた。ビニールカーテンの中の薄っぺらかった敏子は、荒々しい霊にとりつかれたように近よりがたい存在感を取り戻していた。入院したときはいていた白いズボンはともかく、パジャマの上にベストと、麻のブラウスなどを重ねて、右手には茶色いゴムスリッパを握りしめていた。

ふき子は園庭の草むらでバッタを捕まえるときのように間合いを慎重につめてから、お母さんと呼びかけてみた。敏子は聞こえていないのか立ち止まらなかった。ふき子は敏子の前に回って、腕をゆすった。

「お母ーさん」

敏子は飛び上がってびっくりし身をすくませると、ずれた眼鏡の上からそろりとふき子を見る。明夫にそっくりの大きな目玉には爛々と輝きがみなぎっていた。下の入れ歯が入っていない口をもぐもぐと動かす。

「なんやのあんた」

「わたし。娘のふき子。迎えに来たんよ」

敏子は再会できた喜びで涙ぐんでいるふき子を、きつねにつままれたような顔で見た。

「明夫は？　あの子はどこやの」

激しいものに乗りうつられたように敏子は荒々しく詰問した。

「大丈夫や。明夫もいてるよ」

敏子は呼んでもいないのに現れた娘が、自分と明夫の味方なのか敵なのか見極めようと、目をぎょろつかせて注意深く考えを巡らせる。

虫の鳴き声がうるさいくらい響いた。

「お母さん。勝手に病院出てきたらあかんがな」

抜け目なく様子をうかがっていた明夫は、満を持して姉の背後から出てくると、敏子を叱りつけた。

「先生らも探したはんで」

ついさっき電話で迎えに行くと約束したのが嘘のような態度だった。

息子に責められているのに、敏子の皺だらけの瞼の奥にはちかりと光がともった。ふき子が横にいるのもかまわず、幼い子にするように悪事は何もかもうまく隠してやるから全部任せておけ、と明夫に指でひょいひょいと合図を送った。

明夫は平気で知らん顔した。

おかしな親子。ふき子は横で吹き出したくなる。

「すまなんだな。わたいが悪いんや。わたいがあんぽんたんやさかい」

敏子は顔をくちゃくちゃにゆがめて芝居がかった謝罪をした。明夫に手の平を返されたくらいで敏子はへこたれなかった。そもそも息子のことなんて何一つ信用していなかった。敏子は得意の感情をむきだしにして周りをけむに巻くという作戦に出た。これまで何度も明夫の窮地を救うのに成功してきたやり方だった。

「あない狭い別荘に戻んの嫌や。手洗いの横で、三度三度ご飯食べなあかんねんで。まるで牢屋や。閉じ込められるわたいの身ぃになってみ。夜になったら、すーっとドア開いて知らん人入って来はる。死んでもええさかい退院するわ」

ふき子も明夫も母の言い分に同感だった。

痩せて一回り小さくなった敏子は、ぽんぽんと子供たちに当たり散らす体で喋り続けた。そのうち本気で腹が立ってきたのかスリッパを植え込みに投げ捨てた。

「足が痛《いと》て動かへん。ふき子っ。タクシー呼んでんか。気の利かん子やな」

敏子は縁石に座りこんで毒づいた。

「明夫、ほらお母さん歩かれへんて。背負うたげて」

「おれかて腰痛めてるんやで」

ふき子は文句を言う明夫をしゃがませて、駄々をこねる敏子をその上に乗せてやった。そしてみっしりと肉のつまった弟の腕を力いっぱい叩いた。

「ほら、明夫、動《いの》き。お母さん、ええなあ。息子の背中に乗せてもろて」

明夫は背中の上の敏子を振り返った。

「重い。自分で歩けんのとちがうか」

どんと、明夫をなぐるたびふき子の指はじくじく疼いた。明夫の太い腕は肉と脂肪の感触がするだけで少しも骨身にこたえなかった。

「ああええわ。極楽やそう」

靴下の足をぶらんとさせ、敏子は子供のように顔を輝かせる。

ふき子は寝巻にボタンを段違いにかけた夏服を着込んだ敏子の背に手を当てた。どうやら母は生き延びたらしい。

敏子の背中は丸かった。小さく、瘦せていた。薄い花模様のブラウスの上からでも背骨の一つ一つが感じられた。明夫の後ろから歩きながらふき子は敏子の無防備な背中を指で支える。

まだ暑かった頃、交差点の納屋でヒトデみたいという明夫に傷んだ指を見せたことがあった。いやに熱心に触れていたのは珍しいからでも、同情しているからでもない。ただその変形した姉の骨に自分を重ね合わせていたのではないか。ふき子は歩きながら、頭の片隅にそんな考えが浮かんだ。

この母の、背中の骨の、いびつさ。独特のとがり具合。似通ってる。同《おんな》しや。その一つ一つがまぎれもなくふき子自身と同じものが固まって出来ていた。軽率で、打算だらけで、飢餓に近いくらい満たされなかった。明夫が家のお金を浪費し、敏子がそれを補おうと奔走するのを、ふき子は指をくわえて眺める。これまで何度も倉木の家で繰り返されてきたことだ。そのひもじいような関係を、性懲りもなく続ける。なんでやろ。そんなもん血ぃや。そう敏子ならこともなげに言うだろうか。

ふき子はそうすれば母の気持ちを理解できるかのように、何度も敏子の背を撫でさする。明夫が前かがみになって一歩ずつ足を出すたびに、敏子のもつれた白い髪のてっぺんが冴え冴えと光った。ぷつんと頭の血管が切れそうなほどの剣幕だった。みなぎる勢いに、ふき子も明夫もなぎ倒された格好だった。今晩の敏子の突飛な行動はすべて自らが図らった通り母屋の長持ちから消えてしまったものを、一芝居打ってごまかそうという一念からだった。尋常ではないやり方で、箱のような無菌室から脱出してきた敏子は、力を使い果たしたのか息子の背中でしぼみきっていた。弟に背負われて前をゆらゆら揺れてゆく、そのこつこつの老婆の背中が、ふき子はいとおしくなる。

　三人はそれぞれ別の目論見から、そこに行けば何もかも良くなると信じているように病院を目指す。おぶわれている敏子は首を折って瞼を閉じる。明夫が振りむき、寝たか、と口の動きで聞いたので、ふき子は頷く。

　いびつに横に曲がった指をふき子はもう気にしない。母のかかった病気の理屈はいまだに腑に落ちなかったが、ゆがんでしまった指先で敏子の骨をふき子は撫でた。

青いポポの果実

1

灰色のレースのカーテンはつんと埃の臭いがして、鼻先に触れるたびかさかさした。

ママが早々に片付けた衣装ケースから引っぱりだしたトレーナーの袖につめたい指先を隠し、体育座りの脚をくるぶしまで身ごろに押し込む。

五年生になった最初の土曜日だというのに、さっきから「スパイごっこ」と呼びならわす遊びの最中だ。四つ下で新一年生の千由《ちゆき》こと通称ユキは、「社会観察」なんてきどった呼び方をしていたけれど。

その遊びが始まったのは、僕らの家のせいかもしれない。こんもりと木々が茂り白鷺がやってくる御陵近くの住宅地の中心に、たくさんの家々を盾にしてひっそりと隠れている。二つの道路、ごく細い現実への接着面だけが外に通じていた。黒い門の前に立っても、裏門の前に立っても、魔法をつかって両方に立ったとしても、僕らの家の全貌は見えやしないだろう。

変形地のために僕らの家はがたついた境界を持つ。分かち、へだてをつくり、区切るもの。コンクリートの塀《へい》、生垣、おおかたは塀だけど。ひとすじの境界をさかいに、さまざまな種類のお隣さんがいた。そして彼らの家の裏側が、ちょうどこちら側から丸見えだった。

居間の勉強部屋という矛盾する名前がつけられた薄緑のじゅうたんの部屋で、僕は静かにことにあたっている。学習机にむかい計算ドリルを解くふりをしながら、細く開いたガラスの掃き出し窓のレースのカーテンに睫毛《まつげ》をくっつけている。瞬きさえしない。

この遊びに夢中になると、寒さ、痛み、羞恥、どんな苦痛でも平気だった。一対の眼球だけが体になったみたいに、ひたすら見続ける。

南に裏庭がある。洗濯物干しがあってママとパパのダブルの敷き布団が物干しざおをしならせる。アガパンサスの葉が茂り、素焼きの手水鉢《ちょうずばち》の水面が震えていた。

裏庭の向こうの隣の家を監視していた。

筆箱の横のおもちゃのトランシーバーからユキの声がする。

「こちらユキ、どうぞ。ナナ。お返事どうぞ」

ちゃちな電波を通さなくても直接、台所からくりかえし聞こえる。

「オールOK。ユキ」

「アイアイ、キャップ。異常なし。笠智衆《りゅうちしゅう》がまたベランダにいるだけ。あきないよね」

台所の窓に面したアパートの担当はユキだ。二階の老人に暗号で笠智衆と名付けたのは、背中の曲がり具合がそっくりだから。

「ジョンが吠えたら気をつけて。雌犬《めすいぬ》の登場ですよ。どうぞ」

くすくす笑い。春休みの真ん中からユキは笑いじょうごになった。

雌犬はママのこと。ホームドラマのお母さん役女優をうかっと僕が美人やねと褒めたら返って来た、「あの野卑な口。昔ヌードになった雌犬やないの」というママの言葉にあやかってつけた。今では僕しか使わない暗号だ。

「カップラーメンのから、ポイな」

「がってん承知のすけ。イエロープレーンでお子様ランチは、夢のまた夢やね」

いえろぷれん。ファミレスをユキ語で表現し、うさぎみたいな足音が玄関へ遠ざかる。

二度とおもちゃに邪魔されないようスイッチを消す。

瞼を開き、奥の眼球に集中する。

奥歯のねぎを取ろうと南の境界に面した洗面所で歯磨きをしている最中に、その異変は起きた。まず大きな荷台のついたトラックが後退を告げる警告音を鳴り響かせながら停車し、作業員が飛び出してきたのだ。

裏庭に面したその家を僕らは「ポポの木の家」とか、「ポポの家」とひそかに呼んだ。ポポというのはある樹木の名で、今も塀の向こうの二階のベランダにゆうゆう届くほど緑の葉を茂らせている。

大河ドラマの壮大なオーケストラが二階の窓から流れてくる。

「ポポの木の家」はママに言わせれば「セキスイやし、まあそこそこの家」で、ちょうど四年前に平屋から二世帯住宅に改築されていた。そして今は転校した玲那《れな》が、一階部分に両親と兄と四人で暮らしていた。二階の、かつて開業医だったという祖父母世代のベランダの窓は全開にされ、若尾文子の感情の昂《たか》ぶりを抑えるような低音のナレーションが塀を越え、僕らの家の裏庭をただならぬ空気で満たす。

がちゃがちゃと、「ポポの木の家」のW字に開く一階の掃き出し窓が、半年以上ぶりに動かされる。

気づくと僕は毛穴のぶつぶつした膝を抱えた体にもどっていた。ラーメンの油っぽい唾液が舌にたまる。背の高い知らない男が「ポポの木の家」のテラスに出て、珍しそうにこちらを見ていた。グレーの前髪のすきまからメガネのレンズが光った。なんて無作法な。裏同士、互いに面した庭を見てはならないというルールをまだ知らないのだ。戦闘的な気分で、カーテン越しに男のみてくれを観察した。

二・〇の視力を駆使しようと意気込んでいると、次の異変が今度は子供部屋の閉じた雨戸に起きた。

「まさとさん。ここでいいかな」

絹糸を弾く時みたいに震えをふくんだ低い声が、決定的に僕の観察を中止させた。

当のサッシの雨戸が開いていた。長い黒髪、巻きつける式の赤いワンピースの深い襟ぐりから白い胸元がはだけている。

白い指がすっと僕をさす。

揺れるレースの布地ごと真珠のマチ針を打たれたようにちくんとして、右目を押さえる。

「その枝、折らないように気をつけてください」

男が返答する代わりに、引っ越し屋の作業員が黄色の布でくるんだ大きな物体を運んでくる。

女の小脇でクッションみたいなものがもぞもぞする。赤ん坊だ。横にはおそろしく背の高いメガネの少年がきょろきょろしている。一家。胸元を探りながら女は背をむけ、後ろ手に窓を閉める。

土曜日の二時を告げる、「わいわいサタデー」のがちゃついた音楽が応接間から聞こえ僕を現実に戻す。

「ユキ？」

トランシーバーはスイッチを入れてもびくともしない。

ユキの神出鬼没ぶりにその頃どれほど手をやかされたか。

閂を外す甲高い音が響いた。

雌犬のご帰館だ。

かっかっかっか。パンプスのかかとの刺々《とげとげ》しい音に交じって、自転車の車輪ががりがりひっかかった音を立てる。

悪あがきでシンクの麺のくずを排水口に押しこみ、換気扇を回す。

僕は応接間のじゅうたんの上に寝そべってテレビを見ているパパをまたぎ、ひとりがけのソファに身をうずめるしかない。

ガラスの引き戸がこじ開けられると同時に、絶叫が家をふるわせる。雛犬はこの家が住宅街から独立した異次元空間だと思っているふしがある。

雛犬がテレビ画面の落語家の前に、スカートを広げて立ちふさがった。お漏らしみたいなしみが黒々としている。

泥とはちがう、つんとなまぐさい異臭がただよう。

「あうあうあうあうあうあうあうあうあうあうあうあうああああ」

応接間がヒステリアの空気に満たされる。

煙草のタールでねちっこく飴色になった照明の雫がたまりかねたように痙攣《けいれん》した。太いブラウン管のテレビ、機材が無造作に突っ込まれた黒い棚の中で回転しているチョコレート色のVHSテープがきしみ、花と木の実の模様の壁紙にそって高々と積まれたテープの段ボール箱が変にしなった。

黄色い皮膚の、関節だけがぐりぐりした重たい体がありがたかった。かたまりかけのリンゴゼリーの表面に触れるように人差し指と親指で両瞼のふくらみに触れる。そこに意識の電源はついている。現実的な対応だ。パパもコンテストに名乗りを上げた女たちの股間の水着の切れ上がった布地とストッキングの境目、そこにはみだすものはないか注目する。

雛犬の叫びを抄訳するとこうだ。病気の従妹《いとこ》のお見舞いに出かけた。癌。死が近づいている。従妹はちょっとした宗教に入っている。気を確かに持つための最後の手段だ。誰もせめられやしない。ママはそれを嫌っている。正々堂々と病に向き合わないなんて卑怯な、と死にかけている人に説教したのだろう。確かに従妹の子供は醬油瓶を倒したろう。母親を守るためにわざと親戚のおばさんのフレアスカートを台無しにしただけ。

「醬油なんか、洗ったかて取れへんやないかっ」

雌犬は足踏みをしてスカートをぬぐと予想通り僕に投げつけてきた。

「あんた、これ洗い」

「はい、ママ」

土間の洗い場にしゃがみ、たらいの水にパラシュートみたいなスカートをひたす。布地はじわじわと色を変える。ユキの捕虫網の後ろでぎゅっとつくと、透明だった水に赤っぽい血のような色がふわりと舞い上がる。

「ユキちゃん。また隠れて何してるの」

お風呂場から絶叫が上がって、僕はしまったと思う。

二歳になる前からユキは母親の乳首を吸うように、性器いじりをした。脱衣所の歩くたびにごとごと体重計が揺れる床にうつ伏せになり、息をはずませて。何度叱られても止めなかった。冬場の電気を切ったこたつの中で、真夏の蒸し暑い和室の床の間の前で、ユキはいつも発見された。

「そんなんしたら癌になってしまう。私のかわいいユキちゃんが」

雌犬は同じ叱り方をした。ぴしり、ぴしり。むきだしの尻を打つ鋭い音が響く。「ポポの木の家」は静まり返っている。泣いていた赤ん坊まで耳を澄ますように黙っている。ごまかしようのない平手打ちの音だ。僕はぬるついた石鹼の手で窓という窓を閉めてまわる。脱衣所は魔窟だった。ユキは真っ白な尻に赤い手形をつけて、たくみなウソ泣きをしている。

「ママ。スカートは石鹼につけておいたよ」

鳥小屋から逃げた気の荒いめんどりを捕まえるみたいに僕は語りかける。

「敷き布団、乾いているで」

ゆっくりと雌犬は真っ赤な目でふりかえった。折檻《せっかん》する時、彼女は自分を失くして死せる雌犬の魂だけになる。

「これから河川敷で約束しているねん」

「課題曲をそろそろしあげる時期やね。七月でしょう、ピアノコンクールの予選」

「さらいました。二時間」

宿敵西町《にしちょう》とのサッカーの練習試合が後五分で始まってしまう。

雌犬は僕のトレーナーの袖をぐいと引っ張る。

「ママ。あんたが金賞もらう夢この前見たんよ。正夢になるかしら。あら、これ衣がえしたのやない？」

ぽくぽくぽく。秋永《あきなが》のぼろぼろで空気を入れる必要があるサッカーボールに僕の左右の膝とくるぶし、足の甲が触れる。庭はママの目が届きにくい。

「アホのボケっ。西町のやつらに。秋永っお前、なにしとってん」

僕の大声に、「モグラの巣」という名前がついた四階建てアパートの三階の窓ががらっと開いて、カメ仙人がミラーサングラスを鋭く光らせた。

通称「巣」の一階に秋永はおばさんと兄の薫《かおる》さんと三人で住んでいた。塀越しにすぐの手すりに秋永はまたがって棒付きアイスをちまちま食っている。

台所の窓から雌犬の視線が背後につきささる。

「しやないやん。お前、おらんし。パスいっこも通らん」

午後を丸まる米袋半分もあるえんどう豆の皮剝きでむだにした。右手の親指と人差し指の指紋は消えそうだ。

「それより、太田がまっつんに何か貸してたぞ」

ほっそり整った顔、日に焼けているのは同じ。僕の背は、すでに追い越されている。こいつは決して言わないけれど。

「べっつに」

やわらかなボールはリズムよく体にまとわりつく。

ボールを蹴る。つま先を腿を手足を動かしている時だけ体を忘れられる。眼球と、黄色い体はなめらかにつながった。体が動く前に目は判断を下し、判断の前に体は動いた。ボールの軌道、蹴る角度、力加減、やわらかく受ける足の動き。球自身、意思があるみたいに、跳ぶ。自分の目の球のひとつを転がして遊ぶような一体感に酔った。

「金とってるんやろ」

秋永の薄茶色がかった二重の目はごまかせなかった。さっちん、なかモン、ヒコの三人娘が秋永をちやほやするのはこの目のせいだろうか。

「お前、ママ？　貸しました。単なる『エマニエル夫人』や。太田のやつ、また貸ししやがって」

「なあ山岸」

山岸、ときた。

「金あるやつから、金取って何が悪い」

「山岸。お前、チームやめ。西町のやつらシャレならん」

「はい？」

去年の二学期までナナとアキ、で通じていた。秋永明海《あけみ》。女子っぽいと嫌がるけれど、いい名前だ。玲那と三人で「巣」の雨どいを誰が早くのぼりきるか競争し、カメ仙人に追いかけまわされた。

「ソフトボールにしとき。お前肩強いし。四番でピッチャーいけんで」

子供会が運営するソフトボールチームだ。トマトレッドの靴下止め。その上曲芸っぽい弾丸アンダースローだ。

クラスでもサッカーチームでも、「俺」をつかわないのは秋永と僕だけ。春休み気分でうっかり忘れていた。

スニーカーの甲を離れた球はすっこぬけて、虫食いだらけのキャベツの畝《うね》に無様に転がってゆく。

「玲那から返事来たか？」

棒の最後のところを反対側からかじって、秋永は言った。

「まだよ。この前出したところやん」

きっと返事は来ない。

秋永は僕の表情に気づかずに話を続ける。

「玲那んち、どっかに貸しはるみたいやな。赤ちゃんと高校生ぐらいの子がおったわ」

「庭にでっかい死体みたいな銅像運んでた」

「あれな。『接吻《せっぷん》』のレプリカや。兄ちゃん言うてたわ」

「ふうん。薫さんよう知ったはるな。京大目指しはる人はちがうわ。そや、明日、太田とまっつんと公園行かへん？」

ボールをばしばしと塀にぶつけてどろ汚れを取る。

「うーん。明日親父来よるねん。兄ちゃん忙しいし、僕、相手したらんとあかんから」

「パフェとステーキや。高いもん頼んだり」

つよめのボールを秋永の胸に投げた。

「あーほ」

軽々受け止めた秋永の頬に苦い微笑みが浮かぶ。

おじさんは養育費も払わないらしい。おばさんはいつもロールパンみたいな合皮の靴を履いて早朝から市内の病院へお勤めに行く、とママが同情をこめて語ったものだった。

お風呂に入る順番は厳しく決まっていた。パパと僕らが夕飯前に入り、食器の片づけを終えてから最後にママが入った。おっぱいをあげたせいでしぼんだのやとママがなにかにつけ恩に着せてくる、モンキーポッドの木みたいに垂れたお乳を見ないですむのは助かる。ママがしゃかしゃかしゃかしたビニールの帽子をかぶってお風呂に入ると、ユキの観察タイムが始まった。公認された唯一の飲み物である濃く煮だした麦茶を飲む。完璧に水ぶきとからぶきされた台所の床はさらさらしている。

換気扇の前に立つパパの手元から煙草の煙が流れてゆく。

「見えるね」

ユキが流し台の上の灯りを消して、子供用椅子を水色の出窓の方へ向けて観察をしている。

「見えるな。下品なやつら」

パパが煙を吸い込み吐き出す。

三人だけの秘密の時間。盗み見の方がよほど下品だ。

足裏で市松模様の床をなでるふりをして、決まりの悪さをまぎらわせる。

「ほら」

ユキは誰にともなくうながした。

パパとユキの集中はとぎすまされ、蜜柑の庭の向こうにあるアパートの二階、左から三番目のヨーコと美大生と名付けた若いカップルの部屋を眺めた。ちなみに左端の一番目、チャールズという皇太子に由来する馬面の男が妻と住む家はつつましやかにカーテンを閉めている。二番目のアドベンチャー・ファミリーの家はこうこうと明るく、兄弟が喧嘩している。そして四番目の笠智衆の部屋はもう真っ暗だった。

ヨーコはなかなか奔放で、たぶん美人だ。少なくとも小柄ながら胸が大きかった。「トランジスタグラマーや」と妙な言葉をパパはユキに教える。彼らはいま立ったまま裸で、一本の棒になってゆらゆらゆらゆらめいている。

「ここからはなんでも見える。一望監視システムというんや、覚えとけ」

「ぱのぷてぃこんでしょ」

ユキはヨーコの頭が美大生の体の線対称の場所をゆっくり下がっていくのを見つめながら先取りした。

「かんさつしゃのしゅかんはとりのぞかないかん。んな？」

それも、管理職試験を受けろとせっつかれるのをかわすため、社会人大学院に通いだしたパパの受け売りだった。

「これはざんていP《ポー》・P《ポー》や。ナナ？」

僕が鉛筆を持って椅子に登るのは危ないと説教しようとすると、ユキは目くばせをして秘密の暗号を口にする。

「ゆうきい、ちゃーん。はよ、おねんねしなさいやあ」

お風呂からママの声が反響して、パパとユキはびくりとした。

ママがユキのねんねの行進を期待しているのが分かっているからだ。主役のユキは面倒そうにお風呂場まで走っていくと、「サウンド・オブ・ミュージック」の真似をして「ぐっなーい　ぐうなーい」と裏声で歌いながら暗いL字形の花道を軽やかなステップで終点のねる部屋までかけぬける。

ユキの寝かしつけは僕の仕事だ。

我が家ではお話の地位は低く、新たな本を買ってもらうハードルは高い。ユキはうぐいす色の大きなつるつるした絵本を持ってきた。ユキと一緒に六年生までママたちと眠ることになる十畳間の、うす桃色のフリルの傘に陶器の黄、水色、ピンクのバラがついた電灯の前で開く。僕らはトミー・ウンゲラーの「へびのクリクター」を、一般の読書とややちがう意味で愛している。

おりこうな大蛇《だいじゃ》が飼い主のご婦人の教師の仕事を手伝って、字のおけいこをするページに来ると、正方形に近いダブルの布団の真ん中でくすくすと笑う。

「Mはマン　おとこの人のエム」

ユキが僕の音読する声に合わせて言った。ユキはほとんどの絵本を一度読むと暗記してしまう。

「M・Pはモンキーポッド　おっぱいのエムピー」

ユキはきゃきゃっと笑いながら続けた。

「P・Pはポポ　せっくすのピー」

重い綿布団の中がおふざけでむっとした。しーい。物干しにタオルをかけに行くつっかけの足音がして慌ててユキの口をふさぐ。

ユキが罫線《けいせん》Bのノートに記入する暗号を雌犬に知られてはいけない。

バラ色のサテンのカバーがかかった重たい布団の中で、鼻と鼻をつき合わせ、つばくさいなか囁く。

「Bはべた　どろんこのビー」

「Vはばい　ぼうっきれのヴィ」

パパの故郷で聞いた坊さんのわいせつ説法から着想を得た暗号を正確に発音すると、何事もなかったかのように泥棒が忍び込むページを開く。なんだかその他のページの単純なイラストとタッチがちがう。生々しいふくめんの男が窓をまたいでいる絵が描かれている。めでたしめでたし。大蛇が悪漢を捕まえてお話が終わると、ユキはすうすうと眠っている。ユキをキリンの模様の布団へと転がし、かけ布団をあごの下までかける。

一番小さく絞ったバラの灯りに照らされた天井を、縁側に面したチェックの布団にもぐって見つめた。

「ポポの家」

ずっと見張っていた僕の場所が、乗っ取られた。「接吻」だって。気取ったニューファミリーめ。僕は頭の中で自由に「ポポの木の家」の一階を歩き回る。瞼を閉じると、二つの目玉はころころと転がり、レンズみたいにあちこちを写した。台所のフルーツのタイル。玄関の敷き石の模様。子供部屋の掛け時計のさきに飛行機がついた秒針がちくんと進む音。あの着物みたいな襟の真っ白な胸元。鮮明にその白と赤が襲ってきて、はっと目を覚ましかけ布団をかぶりそばがらの枕に頭をおしつける。

遠くから忍ばせた雌犬の足音が近づいてきて息を殺した。

ガラスの入った建具たちが、その丸い背中が通過するやいなや、物狂おしくふるえて気をつけろと合図を送ってくる。裏をかこうと雌犬は、わざと和室に回ってふすまを開けると、鼻息を吹きかけながらねる部屋にわずかな官能の匂いでもただよっていないか嗅ぎまわる。僕らが両手を出しておりこうに眠っているというのに。

2

学校は二つのうちから選べた。駅近くの鷺宮《さぎのみや》小学校へ通うか、おじいちゃんちに近い東部小学校か、どちらにでも通える調整区域だとだいぶ後になってママから知らされた。東のアパートの二番目、東部小学校の灰色の制服を着たアドベンチャー・ファミリーのヤンチャ兄弟とは、すれ違うたび舌をつき出して挨拶をかわす。

通学路なんて守ってられたものじゃない。三軒長屋の横の溝を越え、さんづけで呼ばれる御陵のお堀を取り囲む畑の畔道《あぜみち》をのこのこ歩いていく。そこは遊び場でもあり、動物や昆虫が豊富にいる僕らの園《その》だった。

春の雨だった。

ユキはピンクのトレーナー。長ズボンに黄色の傘。お古の赤い長靴といういで立ちで、べこべこランドセルの中の筆箱をならしている。

真ん中の秋永はお下がりの紳士用のこうもり傘をさしている。布地がゆるみ、一か所先っちょの留め具がなくなったのかおばさんは糸で縫い留めている。

秋永の脚。腿からずっと、真っ白のソックスのすねまでむき出しになっている。一冬を経ても日焼けはあせない。肘の白い角質が丸い形をしている。秋永は一年間ずっとランニングシャツと短パンで通している。寒中になり、誰が頼んでも曲げられることはなく、おばさんを恥ずかしがらせる。

粉をふいた秋永の二の腕を水滴が伝う。

「二組どない？」

「俺はべつに」

言いかけてしまった、という顔を秋永はする。

新学期早々「俺」に変わったのだ。

コンクリの鳥居の前を越え、緑の処女とユキの呼ぶとげとげしい植え込みのトンネルが、むき出しの秋永の腕を傷つけないかはらはらする。

「水谷瑞枝《みずたにみずえ》せんせ。ややこいらしいな。まっつんゆうてたで」

苦笑いするしかない。

「聞いた話、水谷も教員家系らしいわ」

「はあ。それでお前んちをよう知ってはるわけや」

秋永も苦っぽく笑う。

「留学経験もおありやねんて」

泥はねが膝の裏に冷たい。

知り合いの知り合いは知り合い。あの「ポポの木の家」に越してきた一家さえ、ママの説明では大昔の親戚らしかった。

「黙ってはいはいゆうといた方がかしこいぞ」

お前にそれが出来るかなと試す風に秋永はちらっとふりかえる。


大人になったのち遠い場所からながめてみればわかるけれど、十歳というその年が長い絹糸に出来た小さな結び目のように、後々まで見逃しがたいかすかなひっかかりとして残った。

その年、絶えず恥じ、恐れ、自分を嫌悪した。そしてその最たるものが今から始まろうとしていた。

五年一組の教室は職員室と保健室の真上の三階に位置していた。たてつけの悪いペパーミントグリーンの木の扉ががらっと開くと、パンツ一丁のクラスの男子らが上靴をきしませて、席にもどって来る。

「おーい。お前らはよいけよ。二組まってるぞ」と学級委員の太田が隣の席で髪を編みなおしているヒコをうながす。「見んなや。きっしょ」と前歯の矯正器具をむき出しにされ太田は顔をしかめる。テレクラ遊びの共犯者だった玲那が転校してから、ヒコはいつもいらだっている。

表と裏。右手と左手。カセットテープのA面とB面。雄と雌。対になりながら、形が異なるもの。女と男。似てちがうもの。

表ではなく裏、B面への熱中。かえりみられない、さえないものに肩入れし、とりつかれる。僕の下から覗いた足の間の肉と肉がBだからか。

長袖シャツと冷や汗で濡れた綿のシャツを脱ぐ。ズボンも。雌犬。ママをおとしめる秘密の暗号は、自分もついでにおとしめる。

整列する。名前の順。身体測定だ。前の子の髪のわけ目。僕は生白いその生え際をじっと見て、苦痛をやり過ごそうとする。白い牛乳寒天だ。黒い毛がぷかぷか。嫌悪に、眼玉が体からずれかける。パンツと靴下と上靴だけで、成長の記録と書かれた二つ折りの白い用紙を持ち自分を守ろうと震えながら、前かがみになって階段を降りて行った。

うるさがたのさっちんのママが校長に直接申し入れるまで、この上半身裸で保健室まで歩くやり方は続く。

「いややな。また太ってたらどうしよ」

さっちんはおっとりとスポーツブラをしたやわらかな体の前を紙で隠す。なぐさめるゆとりはない。

保健室は階段の真横にあって、四月なのにまだ石油ストーブがついていた。やかんが空焚きになっていて、ちりちり焼きついた臭いがただよう。雌犬の臭い。そしてベッドにはなぜかユキがもぐりこんで、こっそり本を読んでいる。そのつるつるしたおかっぱの後ろ頭がカーテンの隙間から見えた。

体重と身長を計っておしまい。保健の先生が細字のペンで整った数字を書き入れてくれる。

窓辺にアゼリアの鉢が並んでいる。金網のむこうの雨の上がった校庭で低学年が逆上がりの練習をしている。

担任の水谷瑞枝はまっすぐ立った僕の頭のてっぺんに身長測定器の木の板を強く落とした。先月から〇・二センチの成長。立ち去ろうとする。

「山岸ちゃん。ちょっと待っててくれるかな?」

水谷瑞枝は引き留めた。

左胸から腋にかけてしくりと痛んだ。

五年一組、山岸七聖《ななせ》。それが僕。去年までは「ナナ」で男子にも女子にも通った。わたし？　うち？　山岸七聖です、と自己紹介をやりすごしたのが悪かった。教室では絶えず僕と言わないよう気をつかっていたから。ヒコに不審がられて「最近、ナナどないしたんよ。超おかしい」とやられないよう、休み時間にだけ僕を連呼して。

水谷瑞枝のコメントは「七聖ちゃんて、ボーイッシュやね」だった。太田とまっつんがここぞとばかりに、「ボーイッシューう」と叫んだ。それから授業の時、何かというと立たせて発言をうながし、うっかり僕と口をすべらせる現場をおさえようとした。

黒い丸椅子に座らされる。女児用の穿《は》き口にゴムの入った下着から突き出した腿にもひざに置いた腕にも、肉がなく、黄みがかっている。さりげなく右手で口と鼻をかこい、息をはーっとして臭いをチェックする。まぎれもなく、雌犬の臭みだ。体の中にいるそいつ。雌犬への変化は、拒みようがないのを理解していた。

保健の先生は大柄で胸が大きかった。ぴたっとした白い長袖ポロシャツを着ていると、めうしだ。カーテンの隙間から、ユキがのぞいている。

「あら。誰か忘れていったのかな」

立っていた水谷瑞枝が保健室のワックスでぴかぴかした床に手をのばした。チェックのハンカチだった。体育館シューズ入れと給食袋を縫ったあまり布でママが作ったやつ。全校集会で落とした。

つきだされた水色と赤の布に手をのばしてしまう。

「これ、僕のんです」

ああ。間抜け間抜け。雌犬たちは連係プレーの成功に、目配せをしあう。痛恨のミスに耳が熱くなった。怒りで心臓がごとごとどうにかなりそうなほど動いている。

一年の三学期、秋永が引っ越して来た時、僕はまだわたしだった。秋永んちのおじさんが消えて、あいつがランニングと短パンを通す、妙な願かけをやりだした時も。ぜんぶお遊びのつもり。キョンシーごっこがはやって、次にエイズごっこ。職員会議で問題になった。玲那は次々流行らせた。「ナナ、僕の消しゴム拾ってー」とある日、後ろの席からしかけてきたのをおぼえている。まだ仲が良かった頃。それでも張り合う気配はあって「僕のドリル答えあってるか〇つけて」と間髪入れず返した。

単なる遊びだし、いつでも止められると思っていた。

膿盆《のうぼん》に落ちていたヨーチンのしゅんだ綿の臭いが僕の眼球を刺す。

「ぼく、僕僕」

水谷瑞枝の小さな手が背中に押し当てられた瞬間、唇からぬるんとわたしは逃げる。

「かわいいアップリケね」

めうしはここへきてしっぽを出した僕を、わざとらしくなぐさめた。

「お母さんの手作りかしら」

水谷瑞枝はアイシャドウを瞼にぎらつかせ、微笑む。雌犬はよだれをたらして僕をむさぼる。

その遊びは、もう、止められなくなっていた。

「そう。山岸ちゃんのハンカチやったの」

勝ち誇ったように、とがったあごで水谷瑞枝が小刻みにうなずいた。

消毒液くさい空気を吸うと、左胸のあたりで痛みがある。

「持ち主のところへ返って良かったですね、先生」

「ね。水谷先生」

雌犬らは満足そうに目と目を交わして、口紅臭い口角をあげて嗤《わら》った。

ユキの瞼がゆっくりと哀悼の意を表すように伏せられて、隙間から消える。

秋永。お前のランニングと短パンは確かに冬になると教室でもどこでも浮く。でも、ここまでしつこく教師たちの悪意にさらされるか。教育の名を借りておとしめられるのか。せっかくの忠告を受け入れ黙っている。


恥辱なんていうものは、どうとでもなると僕は学んだ。

恥ずかしさ、身のおきどころのないみっともなさ。そうした扱いにいつまでたっても慣れないおろかさ。やわらげるためには、自分が悪いと、自分が劣り、穢れ、みっともないと思うしかなかった。「ああ、恥ずかし」とか、「はしたない」とか、きわめつきは「女の子のくせに」と言われる度、そのみっともなくはしたない雌犬にまっすぐ近づいてゆく気がした。

半ドンの日で、ママは梅田行き。書道だか、短歌だかの講師に入れあげている。脱衣かどのタオルの下に、脱いだ下着が隠してあった。浮気をする勇気もない。精神的な支えというやつ。

僕はまだ流しにトマトスパゲティの油じみたお皿を放り出したままにしている。ユキのやつ。またどこかをうろつきまわって。まるでジョンだ。雨の日にママが門を閉め忘れて三日間も行方不明になった。ユキはさすがに犬とはちがう。さっきまで台所の出窓の前を「ろなるど」と名付けた棒の先で尻尾をふるあひるの木の玩具を走らせながら、長靴をごとごといわせていたのに。

「おい。もうちょっと上半身をひねってあごを引け」

パパだけがスタジオと呼んでいる、台所の真上、二階の東側にスチールの本棚を置いてこしらえた小さなスペースで体を動かすと、屋根裏部屋らしいきしみが足元からした。

「まだ撮るの?」

あごを揺らすとおかっぱのかつらの毛先が、酸化した口紅を塗られた唇にくっついて気味悪かった。

「ツーポーズは五本。スリーポーズは六本。即金や」

ママの古いぶかぶかのセーラー服姿で僕は虚勢をはった。

格好も妙なら、周囲も妙だった。部屋のしつらえがない二階は、ラベルを貼ったVHSテープの、スライド式の硝子扉がついたケースが埋め尽くしていた。そして手前にはケースを買うのが面倒になったのか、段ボール箱のまま何段にも何列にも並んでいた。六年生になり関東で子供を狙った連続殺人者が捕まった時、部屋を埋めつくすビデオテープにテレビ番組は食いついたけれど、僕とユキは空中で目を合わせ、日本中あちこちにあるビデオ部屋の持ち主の家族のあきらめを想像した。

激しいフラッシュの閃光。夜間の戦場で、銃弾をよけ、汚泥の中に立つように、僕はニコンのＦ２のがっちゃんというシャッター音を受け、フラッシュを浴びた。これ以上ないくらい危険な光だ。ピンクの口紅に張り付いた髪を人差し指でかきあげるのを装い、瞼の二つのふくらみに触れかける。

がっちゃん。

無防備な瞳が攻撃される。閉じた瞼の奥に星の炸裂が尾を引く。

「顔を触るな。目をしっかりあけとけ」

スイッチを切るのは許されなかった。

がっちゃん。

瞳を通して、レンズの奥のものがしみこんでくる。

左の胸がじくじく痛んで押さえる。雌犬になりかけている体。痩せて、黄色く、しなびて、関節だけが大きな体。レンズがぬるついた光を見せる。黒い光の奥の誰かが、「下品なやつ」として僕を見る。

激しく青白い閃光が瞬く。

半分開いた窓から、アパートの二階。四番目のベランダが見えた。笠智衆がまた段になった鉢置きのカーテンを作り直している。真っ白なステテコ。シャツのゆるんだ襟から胸が見えている。臙脂《えんじ》色のカーディガン。ユキがあまり重きをおいていない観察対象だ。彼に集中すると、僕はこの腹立たしい閃光を浴びる体をするりと離れる。

去年の夏に、突然ピンポンが鳴った。笠智衆が門の前に鉢植えをかかえて立っていた。青い細い茎の植物。おじいちゃんに見せると、鷺草《さぎそう》やな、と言った。我が家の庭には植物が多いから、好意でくれたのかもしれない。ママは気味悪そうに黙り込んで、触りもしなかった。鉢は裏庭の片隅にぽつんと置かれたまま。白い複雑な形の花。線対称になっていた。図工のデカルコマニーのねっとりと糸引く白い絵の具を思い出した。精霊の形の鳥は、枯れた。素焼きの鉢をママは洗って、他の植木鉢の横に並べた。

「お前は、ママに似やんでよかったぞ。あいつの脂肪。あの太い脚。お前は後二年もしたら上玉になる」

パパが品定めする。モデルを断ることは出来た。いまだにそう思うことがある。ママへの奇妙な復讐心が、物扱いされる嫌悪に勝った。写真を僕への小遣いの何十倍ものお金で趣味の仲間に売り飛ばすためにパパは出かける。もちろんママは知っているけれど、黙っている。休みの日、パパが家にいるよりはましだから。

門の門がきしむ音がしてパパはようやくシャッターから指を離す。頭から人工の毛をむしり取り、制服を脱ぎ捨て階段をかけ降りた。

パパが撮った写真がどのように流通してゆくのか、おぼろげながら理解していた。アマチュア写真のサークルを通して、そのての子供の写真を愛好する大人に売りさばかれる。梅田のいかがわしい中古ビデオショップで。後年僕は二階の段ボールからネガを見つけることになる。もっと後、もっと混乱が深まった時期に。僕ががりがり亡者《もうじゃ》になって、二度とファインダーが向けられることは無くなった頃。ファイルされたそのページに釘付けになり、そこに原因を見出そうと目を凝らした。白い縁のついたプリントだ。緑の幅広のリボンとウエストのくるみボタンがアクセントの制服に、痩せぎすな色の悪い皮膚に。そしてレンズをにらみつけていたはずの瞳は、ぼんやりと呆けたように黒く、焦点すら合っていない。ただの珍奇なかっこうをさせられた、痩せた子供の写真を埃の中に戻した。

　撮られた後、応接間の前のテラスの支柱を使ってダンサーのようにつま先立ちをし、利き手で鉄の棒をつかみ左手をのばし回った。指先はするどく菜園のフェンスにからまる朝顔の蔓を切る。支柱の塗料は粉っぽく右手を真っ白に染めると同時にすべりをよくする。かまうものか。体が斜めになるほど回ると、今度は反対側の支柱を左手で握り目が回らないよう反対回りを試みる。そうすると、この左胸の肋骨の中に住み着いた雌犬になりかけのものが振り回されてわずかでも弱る。そうして、完全な雌犬になるのを少しでも遅らせようという作戦だった。

「ほら、子供会の勧誘にいくわよ」

　よそゆきのスカート姿で、ママは招集をかける。

しょくしょく、とおじいちゃんが畑を飽かず耕す音がする。黄色い菜の花がむんと香る夕方だった。

「ポポの木の家」に侵入する機会は予想よりも早くやってきた。ママが子供会の副会長に当たっていたから。アパートと「巣」をぐるりと迂回する間にその家族とママの関係を聞かされる。池で水死しはった人の忘れ形見。ヨシノブちゃんとこの。ひそめられた声から聞き取れたのはそれだけ。

玲那の苗字の所に白いビニールテープが貼り付けられ、「KURAHASHI」と油性マジックで書かれていた。

「裏の窓開いてたのに。けったいな」

ママはチラシをぶらりんとさせて、一階のリビングの出窓や二階のレースのカーテンの窓をじろじろ眺めた。

「居留守とちゃうかしら」

思わず言ったのと同時に、ひょっこりと植え込みの陰から魔女が乗りそうなほうきを持った少女が出てきた。

「何か御用ですか?」

「裏の山岸と言います。こんにちは。ご両親はいらっしゃる?」

白い額に、凜々しい眉だった。髪をきちんとなでつけて、ポニーテールにしていた。淑《しゅく》女《じょ》という単語がぱっとひらめいた。ブレザーの襟元には薫さんと同じかしこい証である野田高校の校章が光っていて、ママはそれを見逃さなかった。

「こんにちは。ご挨拶が遅れてしまって、失礼しました。とってもうるさかったでしょう」

ね、というように少女は虫かごをぶらさげたユキに微笑んだ。一枚上手だ。子供会のキャンプの話から、父親が芸術大学勤務で、母親が美術講師であること、海外を転々としていたこと、簡単な英会話ならいつでも教えられるとママの気持ちをうまくひきつけた。

「せっかくやから、遊ばせてもらいなさいな。お夕飯までまだ時間あるし」

ママはそう言い僕らを見捨てて帰ってしまった。

二階の窓を見上げると、人影がすっとレースのむこうに隠れる。

よく見知った真鍮のドアノッカーがついた扉に、入り口の靴箱に置かれたドーム形の時計の中で回転する黄金のオブジェ、二階へと続く階段の天井からさがる直方体が房になった照明も、以前のままだった。

空想で何度も家の隅々まで歩き回っているのに、初めて足を踏みいれるふりをした。野田高のブレザーを校則通り着た少女を前に、気後れする。

居間には引っ越しの段ボールがつまれたままだ。どうやらここんちの主婦はよほどだらしないらしい。

「こんなにたくさん、どこでとってきたの？」

桐《きり》と紹介された、背の高い中学生くらいの男の子がユキの虫かごに興味を示す。

ソファにテレビゲームのコントローラーが放り出してあった。

「うまづかー」

「何それ」

「僕らの虫とお花の園や」

へへっ、とユキは上の歯が抜けたばかりの口で笑った。

秘密の場所を他人に教えるのは珍しかった。秋永にも黙っているのに。

「倉橋さん。野田高なんですね」

「三年よ。麻子でいいわ。植物の麻に子供の子」

学力におもねる口調を麻子は完全に無視した。

麻子は独特だった。まず玲那のものだった椅子の背にばさりとブレザーをかける。リボンを取り、ボタンを外す。腰かけると膝から下の長い脚を伸ばして食卓の上に乗せ、三つ折りのソックスをくるんと脱いでぽんと無造作に床に投げた。わずか三秒で、麻子があの引っ越しの日、赤い着物のような胸元の服を着ていた女と同一人物だと気づかされた。

「僕は、七聖」

「ポポの木の家」に、声が飛び散る。驚いたことに、唇を意識すらしなかった。言葉はスムーズに空気になって麻子の甘い匂いと交じり合う。「女の子なの？　男の子なの？」なんて、聞きもしない。

「奈良の奈やの？　それともラッキーセブンの七？」

漢字を質《ただ》す麻子にクリスマス生まれの名前の由来を話す。

倉橋麻子はどういえばいいのだろう。僕とユキみたいな観察者ではなかったけれど、雌犬でもない。彼女は知的で、良い匂いがする。新しい女の登場というやつだ。

「ユキとナナか。どないしたんこの手。ほら、洗って」

麻子がうながした。

スライドさせるタイプの蛇口を上げて水を出してくれる。白い塗料の粉が取れるまで手を洗うよう指導された。そして麻子はしめらせたハンカチで僕の唇をぎゅっとこすった。鮮やかなピンク。ハンカチはまたプリーツのポケットに押しこまれる。

台所の壁には以前と同じ檸檬、苺、葡萄。三枚の絵のタイルが輝く。

僕らの家の洗面所から雌犬がパパに臆面もなくがなりたてるのが聞こえた。

「あーいや、ぞっとする。下品ね。水道をどんだけ出したら気がすむんですか。あなたのお義母《かあ》さん、そっくり」

麻子は僕に気まずい思いをさせないよう、そ知らぬ顔で口をつけた瓶のジュースを勧める。

食器棚はがらんどうだった。流しの下のプラスチックケースに忘れられた、パイレックスの計量カップをゆすいで液体を受ける。むっとした野菜の味。

食卓から窓を見るとポポの木の葉が間近に見えた。その近さから見るのは玲那が引っ越して以来だった。

「大きな木ね」

「ポポの木っていうねん」

うっかりと口をすべらせてしまう。確かに麻子には人を油断させるところがあった。

「バンレイシ科だよ」

「ばんれいしか」

慣れない風に麻子の唇がつぶやいた。

風に乗って僕の鼻先を紋白蝶が羽でつついた。ふうわり、と明るい窓の方へ飛んで行く。

「あらいやだ」

居間のソファの上ですっかり仲良くなったユキと桐が虫かごをぱかりと全開にして振り回していた。

「きやあああああ」

桐がちっちゃなユキに抱きついて髪の毛を逆立てている。

「あほう。騒ぎな。虫っていうものはね、光の方へ飛んで行くねん。いいからカーテンを閉めてみ」

ユキは落ち着き払って命令し、かっと前歯の欠けた真っ赤な口を開く。

「必殺っ。ちょうちょの舞ぃー」

確かに桐が分厚い居間のカーテンを閉めると、蝶たちは羽をひらめかせてこちらの掃き出し窓によってきた。

「ほら。行儀のええこと」

ふわり。また鼻先をこすられた気がした。

いや、ちがう。

麻子は椅子に膝立ちになり窓の外を見て耳を澄ませていた。

あごの下、首のところに出来たくぼみに、ありふれたティファニーのハート形のネックレスがきらめいていた。胸のボタンは二つほど開いている。進学校である野田高校の生活指導はどの程度厳しいのか。白い制服のブラウスの胸元に吸い寄せられる。M・P。ユキの暗号はふさわしくなかった。ぴんと張った白い布の二つの盛り上がりが濡れている。そのせいでブラジャーの高い場所、焦げ茶色の、たぶんサテンの光沢が透けて見えていた。

紋白蝶の後を揚羽蝶《あげはちょう》が追いかけてゆく。

W字に開く掃き出し窓にはカーテンがついていなかった。今もガラス一枚分が開いていて、今度は確かにふよふよとした赤ん坊の泣き声がそちらから聞こえてくるのだった。

「まさとさーん」

麻子は揚羽蝶にふれないよう慎重に食卓をまわると、天井の高さまである窓をぎゅうっと押して蝶の通り道を作りながら、そう呼ぶのだった。

彼女が見つめる方に倉庫のようなベージュで塗られた建物があった。揚羽蝶が錆びた黒い階段のあたりを飛んでいた。蝶々たちは散り散りになって空に消える。階段が二階に続いてゆくのに、うかつな僕は初めて気がついたのだった。

性についての知識は早くからクラスに出回っていた。僕はもっぱらおじいちゃんの畑から学んだ。

3

キャベツの畝に紋白蝶がむらがる。狙ったように、そこに蝶は羽を閉じて止まる。よく目をこらすと薄緑の巻き付いた葉っぱの柔らかいところに、黄色の細長い卵が点々と産んである。学校へ行く前、つぶしても、つぶしても卵は産みつけられた。そしてキャベツと同じ真っ青な色のあお虫たちになる。ぶちぶちと登校前にひねりつぶしても、やつらは身をくねらせて大事な葉を食べ、蛹になり、羽化し、執拗に空に飛び上がろうとする。それは濃い蜜柑の葉を好む揚羽蝶の幼虫も、とうのたった菜の花の一群れの紋黄蝶でも一緒だ。トンボがつながって空を飛ぶ。どろりとした蛙の卵が脈打つ。図鑑には交尾と書いてある。

共稼ぎのヒコんちでは少しちがう。「懐中電灯入れられたみたいに痛くて歩けませんでした」、「お姉《ねえ》ゆうてたで。処女膜破れても、血でやんかったて」、「げろーん」。ティーン雑誌のがせネタの受け売りがトイレの消臭剤とスナック菓子の入り混じる臭いの中、だらだら続いた。ヒコはおしごとと称して今でも、テレクラで駅前に呼び出した男から小銭を巻き上げる。止めろというと、どうしようもなく荒れる。哀しい雌犬予備軍。

登校中畑で野犬が交尾している。僕が傘で指すと秋永は顔をしかめてぷいとそっぽをむいた。哺乳類の交尾には、ある種のおかしさがともなう。ユキならペーソスとでもいうかもしれない。決してそっちを見ない秋永のとがった肩が僕は好もしかった。そのつつましい振舞いがおばさんの育て方の成果なのだと友達ながら満足した。

暮れかけると鷺宮御陵は痴漢たちのかっこうの犯行場所だった。薄暗くて、人通りがなく、たまにおけいこ帰りの女児が自転車で通るから。子供たちも心得ていて、なるべくそのそばを通らないようにした。ただでさえうっそうと木々が茂り、昏く生臭い水がなみなみとたまるお堀の横はゾッとした。何度かの転落事故や水死があってフェンスが張り巡らされているけれど、ぶおんぶおんとウシガエルの不気味な鳴き声がすると、御陵の奥にある石棺の中の死霊の怨念がおめき唸っているようで、うちまたにすーうと戦慄が走った。

ピアノ教師の家の裏手にはうっそうとした森があり、真横には広大な無花果《いちじく》畑が広がっていた。枝が拷問にあって断末魔の悲鳴を上げながら死んだ人のがりがりの手のように、ねじくれて空に突き出ていた。その横の細い農業道を水路に転落する恐怖を押し殺して自転車で走る。

駅近くのヒコの家のあたりまで戻るともう真っ暗で、僕は道路ではなく鷺宮御陵の横のうら寂しい抜け道を全速力でかけぬけるのを選んだ。

門をわざときしませて開ける。来客の証として玄関の外灯がぽちんとだいだい色に灯っているのを見るとほっとした。

夕食は土井勝お料理学校仕込みのうなぎの柳川煮風《やながわに》だ。醬油をたらした冷ややっこを上回る、おぞましい食物。

「どんくさいこと。あなたたち親子そっくりですわ」

猛々《たけだけ》しくママはパパを押しのけると、食卓にガスのホースがうねる卓上コンロのスイッチをかんっとひねって、一発で火をつける。

「あーあ。遺伝っておそろし」

まるで僕に雌犬の遺伝子が入っていないみたいだ。

応接間のピアノのふたの上に、見覚えのあるデパートの紙袋があった。太田からまっつんに渡った「エマニエル」にちがいない。最悪なことに、その中にはもう一本無修整のビデオも入っているはずだった。

ママはむっつりと黙って、沸騰してきた平たい柳川煮の鍋に溶き卵を流し入れる。ごぼうの入ったどす黒い液体の中で卵黄が血のかたまりみたいにぶつぶつと揺れていた。

「担任の先生さっきまでいらっしゃったのよ」

どんと醤油とごぼうのアクに染まった卵の器が机に置かれて僕は肩をこわばらせる。

「七聖。あんたの言葉づかい、女の子にしてはちょっと乱暴すぎますねやて。今時の教師て、マナー教室の先生みたいね」

ふんとママは笑った。

水谷瑞枝は、僕のしゃべり方や休み時間に女子では一人男子とサッカーをすること、などについて指摘した。専門機関で診察を受けるべきだと言ったらしい。

「そういう子、たまにおるねん」

ごく小声でパパが経験を語った。雌犬がヒステリアを起こす寸前で持ちこたえていたのは、プライドを傷つけられたからだった。鼻孔と唇が激しく痙攣している。

「あなた。おかわりいかがです？　ユキちゃんは？　ママもらおうか。赤血球が小さいの。貧血やねん。七聖、女の子やねんから鉄分とらなあかんよ」

パパがやたらと瞬きをした。

ユキはずるんと白身をすすりながら言う。

「パパ。今度デパートでレバーの串買《こ》うてきたら？」

「モロゾフも飽きたな。焼き鳥屋にするか」

鳥レバーのころりとした表面の香ばしさに騙されて噛んだ後、じんわりひろがる血なまぐさい味を思い出して吐きそうになる。

ユキが笑いをこらえるためにお茶碗を持っておかわりをよそいにいく。

パパがスーパーのトイレで鷺宮小の女子が痴漢にあった、という話をして風向きを変えようとしたけれどみんな上の空だった。

お風呂に下睫毛まで沈んでいるとすっぱだかのユキがかけこんでくる。

「抱っこ」

僕はため息をつく。深い浴槽から出て、クリーム色の花火模様のタイルが貼られた一段高いところに立って、お風呂の窓を一寸《ちょっと》開けてのぞく。

一年生のユキはぬめぬめして、ずり落ちてくる。

ヨーコの部屋はえらいことになっていた。別の男がそこにいるではないか。第二幕はじまりの巻。あっけらかんとヨーコは笑っている。

「ナイスな展開やろ」

ユキの事情通ぶりには驚かされる。

「もう、記録した。あれはアドベンチャー・ファミリーの父さんや」

なんという視力。ユキはちゃぷんとお風呂につかり、水車のオモチャに水をかけて遊んでいる。この一連のごっこが将来、ユキにおよぼす影響について真剣に考える時が来たのかもしれない。

ユキはずっと考えていたのか、ぱっと目を輝かせて叫んだ。

「Aやっ。アバンチュールのA」

ユキの頭にシャンプーハットをつけ、丁寧に愛用のベビー石鹼をつけて泡立てた。くるん、とだしぬけに振りかえる。僕の気がかりはお見通しだった。

「ナナ。気にすんな。ビデオは黙ってウナギイヌにつき返したらええよ」

小さくうなずく。ユキとはなぜか一度も自分たちの置かれた状況について話さなかった。ママについて、パパについて。

どの夜だったか忘れたけれど、深夜にトイレに行った。台所も居間も豆球になっていて、真っ暗だった。そっと応接間の扉を開けて見たものについて、僕とユキは無言で合図をしあった。

それは不思議な画面だった。明るく、淡い桃色の、お腹の双子の赤ちゃんがリズムよくフォークダンスしている映像。ママとパパはガウンを着て、静かに別々の椅子に座って見つめていた。それが、また別の日にちりちりに引き出され、ごみばこにつっこまれたVHSテープだととても想像つかなかった。


こういう歌がクラスの中で流行《はや》っているのに気づいた。

「〽ナナ　おかま　チンパンジー
　ナナ　おかま　チンパンジー
　ナナ　おかま　チンパンジー」

君らチンパンジーとおかまに気の毒やろ、と心の中で思う。

太田が流行らせた歌を男子たちは面白がってはやし立てた。

やり玉に挙がったせいで普段にも増して女子っぽくもじもじする岡野のために僕は舌打ちし立ち上がる。

「きーこーえーませーん。もっとでかい声でゆうてね」

教室の中は爆発寸前の興奮を圧縮したみたいに一瞬静かになる。ヒコがいたら痛烈に援護してくれるだろうに。風邪なのか連日休みだった。

まっつんが男子の輪からのっそりと近づいてくる。

「ごめん。山岸。お母さんが誰のもんやって聞くから、お前てゆうてしもてん」

連休前なのにまっつんは暑苦しいトレーナーなんか着ていた。

「べつに」

好奇心と嫌悪と拒絶の視線は、激しく体をつきさす。ニコンのフラッシュみたいに、僕の体の中を通っていく。


水谷瑞枝はたぶん勝利を確信していた。けがらわしそうに、デパートの紙袋を机の上に投げ出したから。

「先生困ったわ。松本君のお母様は、山岸さんから借りたっておっしゃるのよ。他の何人かの子も。山岸さんがみんなに貸したっていう子がいたの」

職員室は煙草の臭いがした。印刷室のインクの臭いが混じる。蛍光灯の光がまばゆかった。窓の外がゴムで固めたみたいに薄暗かった。

「不思議やない？」

「不思議ですね」

真面目にくりかえすと四年の担任が笑った。

「山岸さん。あなた、本当はこの中に何があるのか知っているんやない。怒らないから、言いなさい」

こつこつと水谷瑞枝は短く切った爪で包みをはじいた。

この中にいったい何があると思っているのだろう。僕はそっちの方が不思議だった。なんでもない、単なるえぐいエロ映像が。家庭訪問をしたって、僕らの家の隠れた秘密に気づきもしない、筋金入りの健やかさ。見てわからん奴は、聞いてもわからん。おじいちゃんの口癖が重みをもつ。

「こういうのは年頃の男の子が興味を持つものなのよ。あなた、見たことあるんじゃないの？　こういうのを見たいって気持ちになるんやないの？」

「男の子が見るためのもんて、なんですか？」

僕は上靴の汚れた先っちょをこすりあわせながら言った。

「おれ、男の子やさかい拝借しよかいな」

四年の男の担任がおかしくてたまらないように割り込んできた。

「ほかの学校の子から松本君に渡すよう言われたんです」

教員というのが自己中心的で横の連帯意識が薄いのを僕はよく知っていた。

「なんや、どこ小のやつや」

教頭が歩み寄ってくる。

「えーと、たしか。西町の六年やったかなあ」

教頭はため息をつき、事情通の六年の男の先生に目くばせした。線路向こう。川を渡った向こうの西町小は大規模校で、教師は誰も赴任先に希望しない。

「とにかくほかの小学校の子と貸し借りして、金をとるのは禁止や。わかったら、教室に行きなさい。水谷先生も、この件は私があずかりますわ」

水谷瑞枝は憮然とした。確かにウナギイヌに似ている。

この教頭の采配を水谷瑞枝はいつまでも忘れなかった。いかにも雌犬らしく、執念深く恨みをつのらせた。

4

連休と生理の日とおじいちゃんちの田植えが重なってママはやつれを見せ始める。

ママのピンク色のパジャマのお尻の真ん中に、梅干しみたいな赤い色がぽとんとくっついていた。

鮮明な赤だ。

幼稚園の頃、僕は病気だと勘違いして「ママ、血」とゆすり起こした。ママは「子供の口出すことやない」と僕を叱り、あわてて脱衣所にこもった。

血には漏れがつきものだ。赤く染み出して、流れる。皮膚の内からあふれる。小さく三つ折りになった紙の生理用品。あれの一番小さいのしか、ママは買わない。高いからといって、夜用は絶対に買わない。雌犬の倹約。大きなところで無駄をしているくせに、こまごまと節約をしたがる。こうやって、こうやったらいける。一度に二枚までが限度。いじましいったら。血があふれすぎて、伝い、下着を汚すと汚《きたな》らしそうに顔をしかめるくせに。

頭の真上、真っ赤な羽根の扇をかまえたフランス人形と目があわないように起きて布団を折りたたむと、静かに外へ出る。

ユキはすでに朝食を食べて、学習机に向かっていた。データの整理に余念がなかった。研究者気質なのだ。

美大生はまだヨーコのふたまたに気づいていなかった。アドベンチャー・ファミリーの奥さんも。ヤンチャ坊主の世話で夫にまで気が回らない。

「不倫は手近ですましよんねん。ほら」

罫線Bの折れ線グラフを指し示される。統計。

「平日のお昼。奥さんのパートの時間がねらい目というわけやね」

鉛筆の黒々したその細かい図は僕には何がなにやらわからない。

一年生という年齢と興味の対象のあまりの落差について、僕はもっと気配りしたほうが良かっただろうか。「ボヴァリー夫人」だの「チャタレイ夫人の恋人」だの。「ジェーン・エア」はまだしも。サガン、サド、笹沢左《ささざわさ》保《ほ》を図書館から代埋で借りるのはやりすぎだったかもしれない。ねる部屋で「星と伝説」を読み聞かせようとすると、ユキは頰杖をついて憐れんだ目をした。

「ナナ。僕らって、比類なき兄弟やんな？」

その瞳は黒々していた。ユキは、一年生ながら理解していた。僕らの家。僕ら家族。

「そうよ。唯一無二やで」

ちゅっと唇をよせてくるユキを押し返し、ごっこはもう終わりだと言えただろうか。ユキの生真面目なキスが、唇の皮に後味悪いつばを糸引く感触は何十年たった後までも消えず内省をうながす。

僕らは楽しいことに集中するべきだ。

田植えの手伝いにママたちが出かける。おやつにと焼いてあったストロイゼルクーヘンを丸々サンドイッチ用の籐のいれものにつめた。おじいちゃんちから回ってくるカルピスの新品と、冷凍庫にぎゅうぎゅうづめの冷凍蜜柑をビニール袋に入れて、海水浴用のバッグに用意した。

「ナナー。お花どうすんの？」

上がり框《かまち》からユキが花きりバサミをかちかちさせながら叫んだ。僕は晴天続きで窓を開け放った二階のパパのコレクションから、「秋のソナタ」を選び、少し迷って「野獣死すべし」も取り出した。

隣人を訪問するには花束が必要だと少女小説から学んでいた。

象牙を彫ったような蜜柑の花はほろほろして束にならない。いちはつの死人のべろみたいな花弁は論外だ。水仙は盛りをすぎてかたい柱頭をさらけ出している。

「僕にまかせなさいっ」

ユキは言い放った。

何度その言葉を聞いただろう。頼もしい限り。時々、ユキといると下の子供のように僕は甘えた気持ちになった。その頃のユキ、つるつるしたおかっぱ頭の、ぱっちりした目のユキ。ママのお気に入りの二番目の子。

　麻子はユキの予想通りの反応を示した。

「まあ。素敵なリースやんか」

　うやうやしくユキが花輪を差し出すと、麻子は漆黒の頭のてっぺんに冠みたいにのせて、あの赤い着物風の化繊の裾をひるがえしてくるりと回った。それから映画のトラップ一家みたいに、ちょんと足を折るお辞儀をしてみせた。

　こでまりの花は雪のように可憐に麻子の柔らかな髪に飛び散った。

　九時をとっくに回っているのに朝食もまだだ。

　大人の気配は全くない。仕事で京都よ。麻子の短い説明に桐が「接吻を電のこで刻んでるんだよ。えりさんがアシスタント役。友達のキュレーターに頼まれたんだ」と説明する。えりさん。新しい名前を僕は頭の中にしまっておく。赤ちゃんの気配も不思議となかった。

「ねえねえ。オムレツって作れる？」

　桐はでくのぼうみたいに後ろにまとわりつく。

　言われなくても僕は玉子を六つ割ってバターの中でぴかぴかの巨大オムレツをこしらえ、しなびかけの林檎をむいてくし形に切ってやった。それからママの菓子パンを温めると、素敵な朝食の完成だ。

「桐。これ。向こうで食べたのみたい」

檸檬の皮をきかせた甘いそぼろののった四角いパンにかじりつくや、麻子は黒々した目を見張り、僕を満足させる。

桐は十五歳になるのに学校に通っていないらしかった。「飛び級で終えたんよ」。麻子に言われるとそんなことも可能な気がした。

頼まれていたイングリッド・バーグマンではなくて、松田優作に麻子は夢中になってしまった。

ユキと桐の、首だけになったリカちゃん人形を黒幕にしたてた宇宙大戦争の横で、二度も頰のこけた優作の凍り付いた横顔を見る羽目になった。

十二時を回ると内線が鳴った。お二階さんは、銀のお盆にグレープフルーツを全員分用意していた。そんな交流は玲那がいたころは考えられない。気むずかし屋のお二階さんを手なずけたってわけだ。

「ポポの木の家」の食器棚の取っ手に僕らの家のこでまりの輪っかがかかっていた。ぽちぽち花びらが床に散っている。観察の対象の中に自分が入り込んでいた。僕の頭の中にある家を、実際の僕が歩き回り、こうして山盛りの洗い物をしている。

「ナナ。おばさまたちのお孫さんと同級生やったんですって？」

カップというカップを洗っていた麻子が言った。

僕ははっと顔を上げてポポの木のするんとした木肌を見た。

「初めて来た日、流しの下から計量カップ見つけ出したもの」

食卓に僕が飲んでいる濁ったカルピスの入ったクリスタルのグラスが、水滴まみれにな
って光っていた。
急に僕はまたTシャツを着たやせっぽちの体にもどっていた。足の裏についた埃が気持
ち悪い。唇がねばつき上下がはりついた。肋骨の裏側にいる雌犬は、おつにすまして静か
だった。
「この話やめましょう」
僕は黙り込みすぎたと気づく。
「つまんない境界争いの話、聞く？　そのポポの木の横に、前、でっかい松の木があった
んよ」
麻子はゆっくり僕の視線を追った。だとしたら言葉は通じている。
去年の五月にママがむこうの家の松が伸び放題で目障りだから、玲那の父親に切るよう
に電話をかけた。
麻子の瞳が僕の、アホのボケ式以外の言葉を吸い込んでゆく。
「いいがかりやよ。だって、まだ枝はこっちの敷地の中だったし、塀にかかってもいなか
った」
松は年に二回植木屋が剪定をしていた。ポポの木に並ぶくらいだといっても、まだまだ
塀の内側におさまっていたのだ。ママは気になりだすとパパがなだめても、今にも松が伸
びて塀を乗り越えてくるように思いつめた。

玲那のおじさんはその週末に業者を呼び、根元からスッパリ松を切った。

「ママは当てつけだって決めつけて、馬鹿にした。でもそういうのって、伝わんねん。相手に」

僕は濡れた赤っぽい手を見る。水につけると銀色の鱗が生えたみたい。皮膚を境に、裏側と外がくれと入れ替わったようだ。

「ポポの家」の薄暗く暑い空気に、麻子の瞳と僕の裏側があふれていた。

松を切ったのは僕のママのせい。玲那のお父さんは怒ってたって、女子トイレの洗面所で言われた。

麻子の瞳がうながす。

「怒ってるのは玲那やった。僕は謝った。玲那は、なんであんたが謝るのって、急に怒りだした。ナナってユウジュウフダンやって」

それってどういう意味って聞くと、幼稚園児のユキはずるそうに笑って、ゆうじゅーふだんはねーぶっ殺すってこと、と訳知り顔で答えた。

「ぶっ殺すは、どうかしら」

麻子は眉をひそめる。

転校は秋永から聞いて知った。二回手紙を書いたけれど、返事はない。

「僕、やっぱり悪いことしたのかな。そう？」

「ナナ」

麻子は泡を僕のTシャツにつけないように、真っ白な二の腕だけで僕を抱きしめた。やわらかくて、力強い。熟れたくだものみたいな暑さに負けない香水が匂った。ユキの固く細い体となんてちがうんだろう。麻子のはだかの腕の内側、耳と頰と長い睫毛、半分むきだしの乳房、さらさらした布地の腿、裸足のちんまりした爪のついたつま先。ぜんぶの片側が僕に触れる。口紅の取れた丸い唇の左側も。

なんの打ち明け話だ。

僕は麻子に触れたかっただけやないのか。皮膚と皮膚にすき間がないくらい。抱きしめるより、キスが上やで。そうユキなら釘を刺すだろう。

「あなたはその木がなくなったせいで、お友達がいなくなったって信じてる。でもそれは空想やの。実際とはちがうの。お友達は引っ越し先でとっても忙しいの。ただそれだけ。現実と空想の区別はつけなくちゃ。さあ、お口を閉じなさい」

麻子はそっと人差し指を僕の鼻先に押し当てて、黙らせた。

なんて有意義で、価値のある対話だろう。その日の僕は、まったく気づきもしなかったけれど。言葉が、うつろな内面から皮膚を越えて飛び出し、表に出てきた瞬間だった。麻子は心得ていた。聞き方というもの。内面というものの作り方。どんな心理療法家よりも、精神分析医よりも巧みだった。言葉というものがどのような場所から生まれ、身体に作用し、発せられるのかよく知っていた。まどろっこしい言い方はやめ。彼女はただ、待つことが出来た。辛抱強く言葉が出てくるのを。たいがいの大人には苦痛な時間。じっと耳をすませて、気まずい思いをさせるへまもしなかった。

毎週土曜日午後二時から放送される「わいわいサタデー」を麻子も桐も知らなかった。レブロンのペディキュアの臭いで頭をずきずきさせながら、僕らはパパのビデオを見た。麻子は特に熱心に。水色のワンピース型水着。丸い番号札。光る電球がついた四角い舞台につけられた呼び名。

「ようするにコントなのね？　独創的」

女子高生美人コンテストの募集を麻子は食い入るように見つめる。

「出たらいい」

ユキはこともなげに言う。

「麻子なら優勝かな。スカウトがわんさと来るなあ。ハワイは君らで行っといで。おみやげマカダミアチョコね」

「フェミニストのえりさんが怒るぞ。そーだ、いっそ全裸がいいな」

ユキと桐はけたけたと二匹の河童みたいに笑った。

「ナナ。弾いてっ。レッスン開始やで」

書類置き場になっていたピアノの蓋を開ける。

この耳に残るメロディはもしかしたらキダ・タロー先生の作曲かもしれないと思いながらじゃんじゃんじゃんと弾く。

「みなさんエプロンステージを回って下さい。アサコっ。もっと腰振って、つま先から足出してっ」

すんなりした小麦色の脛《はぎ》をぴしりとユキはテレビのリモコンで叩いた。

「やったわね」

冷凍蜜柑のぐずぐずになったのを麻子は投げ、熾烈な蜜柑爆弾ごっこに突入する。

5

水谷瑞枝がなぜ僕を嫌ったのか、最後まではっきりしなかった。

学校というところにずいぶん長く通ったけれど、教師は厭な手をつかう。犠牲《いけにえ》の羊をこしらえて、子供たちの不安と不満をそこに集中させ言いなりにしようとする。へぼ教師が頼る手だ。

「それで一体、どんな子やったん？　水谷瑞枝先生は」

夜の定時観察の際、僕は煙草を吸うパパに敵の探りをいれたものだ。

「知らん」

パパはおさえのピッチャーの失態にいらいらしていた。

「父親を知ってたんでしょ？　一緒に野球見に行ったんやないのん」

「お姉さんが神童でな。大学の心理の先生になったらしい」

「ほーん。そいつはややこいね」

ユキは子供用椅子に膝立ちになり四つの部屋を観察しながらコメントした。アドベンチャー・ファミリーの子がふうせんで遊ぶのをうっとり見つめている。

「どうして？」

「わかんないのん？　姉妹だよ。ナナ。人の世の常さ、ね。パパ？」

ユキらしい一言だ。

僕は手の皮に製氷皿のレバーがくっついたのをふーふーする。

「ひとのよのつね。まるで羊羹の名前やな」

いびつな形の氷の上に、濃く煮だした香ばしいやかんの麦茶をそうっと注ぐときしきしっといい、泡をたてながら溶けた。

「アホ。つかえんピッチャーやな」

パパの罵倒が響き渡り、水谷瑞枝の情報は得られなかった。

教室で僕はひたすら静かに、不自然にならない程度にたまに手を挙げて授業をやりすごした。

長いこと休んでいたヒコは復帰すると、突然僕を無視し始めた。なかモンも。さっちんは板挟みになっていたけれど、悪そうにちらちら僕をみながらも言いなりになった。変な噂。「スカートもパンツもざっくりカッターで切られたんやて」。太田が五年中に噂を流した。太田の父親は警察官だ。ヒコの長い髪をいじる癖は相変わらずだったし、薄い唇からのぞく矯正器具の輝きも同じだった。ただ笑っている最中、睫毛のまばらな眼球が凍り付いたようになり、子供たちをおびえさせた。経験の一部始終がそこに焼き付いているようで、女子たちはヒコの目をみなかった。

お昼休みに校庭で男子たちがサッカーをしている。叫び声。その輪がはてしなく遠かった。ウサギ小屋にいるか、図書室で麻子が次に進んだ「女子高生美人コンテスト」の二次審査で見せるダンスの選曲を考える。「フラッシュダンス」か、ニーノ・ロータでジュリエットにするか。

図工の時間だった。

授業の最初に僕の色を塗りかけの絵が張り出された。給食の配膳風景の絵だ。

「なんやねん。また山岸ばっかり」

太田がうんざりした調子で言った。

水谷瑞枝はとんとん、と黒板をたたいた。

「この絵の黒板の色を見てください。黒板て、何色してますか？」

「緑色でーす」

手を挙げながらまっつんが言った。

「そやんな。先生よく見て、描いてくださいねって言いましたよね」

前の図工の終わりに水谷瑞枝が、「山岸さん。その色どないしてつくったん？」と探りを入れてきたのはこのためか。

「うっわ。間違いや」

「山岸。きっもい色。げろん」

僕の絵の黒板は群青色がかっていた。今、僕の目が見ている黒板は午前の光の中、紺とも黒とも、暗褐色とも言い難い色をして白っぽくチョークの粉をまとっていた。

「それから見て、ここ。こことここ、この線と線の隙間」

子供たちはじーっと目を凝らして給食係が三人立っていて、お玉でカレースープをよそう絵に注目した。

みっしりとした子供たちの一対の視線三十四人分に体中を刺しつらぬかれる。教室の床に影だけ残して消滅したかった。左の肋骨の中でごろりと、野放図な雌犬の赤ちゃんが寝がえりをうつ。

「隙間はきちんと、あけないように注意しましょうねー」

じっと上靴の足を動かさず、机を見ていた。根性のある先輩が開けた穴ぼこ。裏から指を入れて黒い穴をふさぐ。

無垢。ここいらの言葉であほう。つまり僕。適当にみんなの真似をして黒板を緑に塗る、みたいな手の抜き方はありえない。目だけになって、自分の握っている鉛筆が描き出す線になる。ただ眼球が見たものを見たまま描くことに集中していたから。

危険はすぐ後ろまでしのびよっていた。

なぜかママが放課後学校へ呼び出された。夏用の麻のワンピースを着て、白い革の六角形のバックルがついたベルトでウエストを絞っていた。籐の持ち手の日傘をさしている。

僕はいやいやママと水谷瑞枝の後をついて歩かされた。どこ行くの？　と聞いても、ママは澄まして「行ったらわかるやない」とそっぽをむく。

「おーい。ナナ。来いよー」

校庭の秋永が二組の連中とゲームの最中に立ち止まって手を振った。あどけない笑顔だった。僕は、じろじろ見ている二組や、下校中の一組の連中に気づいてまっすぐ前を向いたまま歩いた。登校の途中でさえ口をつぐんでいる日が多かった。もしクラスでいじめれているのか、と彼が聞いてきたら即刻絶交しただろう。

岩間医院は駅前通りの一角にあった。登校の途中で、時折医院長が犬の散歩をするのによく会った。メアリという利口でおだやかなコリー犬だ。そのせいで油断があった。

この日の出来事を僕は長い間忘れていた。完全に、丸まる。全体の意味を理解し、経験の中に位置づける作業は放ったらかされたままだった。

後々から考えてみれば、どのような理由でその日の病院行きが計画されたのか怪しい。誰が発案し、どんな必然性があり、誰が許したのか。ママ？　校長？　教育長？　フ教委？　一人の子供のその後続いてゆく長い時間にたいして彼らは責任のありかさえはっきりさせない。医師による診察には暴力がつきもので、しばしば人をそこなう場合があるのに。

「山岸七聖さーん。お入りくださーい」

看護婦は相撲の呼び出しみたいに熟練された呼び方をした。

横に座って婦人雑誌を読んでいたママを振り返った。ラム肉をつかった料理の臭みとりの記事を読んでいるママは決して僕を見なかった。

「山岸さん、行くわよ」

水谷瑞枝がこわばった顔で僕のTシャツの背を押した。

「はい。あーんして、もっと大きく」

メアリの主人である医師は手際よく、扁桃腺を見て、耳孔を見て、リンパを押し、胸の音を背中から慎重に聞いた。

水谷瑞枝は青ざめた顔をしていた。

「はい。じゃああっちに座って」

しゃっとカーテンが開かれるとピンク色の大きな椅子があった。

何にも聞かされていなかった。激しい橙色の明かりの目くらましがついて、中年の看護婦が慣れた様子で僕のキュロットを脱がし、下着もむしり取った時も何が起きているかわからなかった。

「足が開きますよお」

医師の額には銀色の円盤が輝いていた。

「ママーっ」

なんてばかばかしい。それから何度も後悔するだろう。この期におよんでも僕は、あの雌犬が助けの手を差し伸べてくれると最後の希望をつないでいた。

曇りガラスをはめこんだ粗末な扉に人影は現れなかった。

本能的に僕が抗おうとしたところを、大きな体の看護婦が「はいはい。はしたないですよ」と言い、無表情でおさえこんだ。

メアリの主人はだぶついた頬の肉をすこしも動かさず見るべきものを丁寧に見ていった。

「はい。ここがだいいんしんしょういんしんちつこう。ほら御覧、これがいんかく」

フラッシュよりも激しい光に涙を流す。

肉の破れ目のどこかで、ちかっとした痛みを感知した。おおいつくす皮膚、黄みがかったその一部が傷ついた証拠。僕は拘束された体の中でじっと息をひそめた。歯を閉じ、舌を口蓋におさめ、喉も食道も胃の腑に続く消化管も萎縮して固まる。

自分の大きく開いた右足左足の、つま先の向こうに水谷瑞枝がいた。

暗がりで水谷瑞枝は勝ち誇りもせず、成功に酔ってもいなかった。あごのとがった顔はかたまり、苦痛を封じ込めようと努力していた。もしかすると女の体を診察する病院も、病室も、こまごまとした鋭利な器具さえも見たことがなかったか。解剖学的に指し示される女の体を、初めて見たのにちがいなかった。

「合格。年相応のごく普通の女の子ですな」

「そんな」

「きゃーて悲鳴聞きましたやろ。こんなおぼこい子に、男も女もありませんがな。あんた神経質や。気にしすぎとちゃいまっか」

軽く水谷瑞枝をいなすとメアリの飼い主はもう僕への関心を失って、机に向かいカルテに万年筆をすべらせた。

記憶にはまだ続きがある。僕は裸のままピンクのあのいやらしい椅子に立ちあがって、仁王立ちになった。かすかな傷が僕をつつみこむ皮膚全体を総毛立たせた。傷みの点が、僕らの呼んでいた、B。びーい。明快なビー。ビートル。ビーグル。ビーストのビー。ベタ。泥。そのぬかるみ。おじいちゃんの言うどた。田の土のずるけたとこ。下腹部の、P・Pに使われるあれ。Vを入れるための場所。それはただの暗号。記号。言葉。ちくんとした入り口の奥にしまわれた臓器とBは一致しない。

悲鳴は狼煙《のろし》のようだった。

ヒステリア。子宮的痙攣現象とともに、雌犬が乗っ取る。

小さな流しのところについた鏡に僕のこんがりやけた細い脚が映っていた。ママが管理する、雫一滴許さない流し台によく似た残虐性を持つ、こまごました道具。差し込み、つつき、切り裂き、かきだし、計り、縫い合わせる。ステンレス製の硬質な輝く道具を僕は、蹴り飛ばし続けた。ミドルシュート。美しい弾道を空想しながら、そのちゃちな岩間医院の老先生の診察室をめちゃくちゃに破壊した。

「山岸さんやめなさいっ」

「誰か、大《おお》先生とこに人まわして」

看護婦が内線をかけた。

鏡には僕がエクソシストみたいに半裸で暴れ狂うのが映っていた。

「お母さんを呼んで下さい」

そんなことを水谷瑞枝は言ったが、岩間医院を僕が破壊しつくしたところでやって来るはずがなかった。

証拠にその帰り道、日傘の影がゆらゆらするなかこう言われた。

「あんたはふつうの子や。私がふつうに産んで、ふつうにきちんと育てました。手をかけて、かわいがって、お金もかけてきました。大切な存在よ。なーんも恥ずかしいとこあらへんわ」

キンセンカみたいな色のワンピースを着たママは華やかだった。言葉に効果音をつけるみたいに、こつこつともったいぶったリズムでサンダルのかかとを鳴らしながらしゃべる。

「女の体はな、結婚するまで誰にも見せたらあかん。触られてもあかん。傷つくのはいつでも女や。女っていうものは生まれつき損するように出来ているねん」

静かに雌犬の論理をさとした。

ごくたまに唐突にママは僕を褒める。お風呂上りを捕まえて、「あんたの白眼だけは綺麗ね。青くって。こんなに綺麗な白眼は私、見たことないわ」なんていう時のように。調子はずれに僕を絶望へ叩きこんだ。ママの黒目の無表情なこと。歩く度、肉と肉の破れ目に確かな違和感があるのを感じながら、僕は雌犬へ変身したのを認めないわけにいかなかった。

ある時期まで、ユキは僕ら一家の希望の星だった。ママの自尊心を満たす愛らしさと、賢さをどちらも持っていた。ユキには何も問題がないとみんな思っていたし、成長すれば家族の中で誰よりも素晴らしい仕事につき、ひとかどの人物になるだろうと期待されていた。

「ユキちゃん。今日から七聖のことはお姉ちゃんていうんやで。自分はわたしっていうねんで。もう一年生なんやから、二人ともお外で人に誤解されるような遊びはやめないとあかんね」

そう言われてにっこりと「はい、ママ」と微笑むのもユキのユキたるゆえんだった。心の中で何を考えていたとしても。

「梅干しのざるだけ頼むで。濡らさんといてな」

ママはその年、末期の肺癌で死にかけていた従妹のお見舞いに頻繁に家を空けた。従妹の命は自宅で家族と別れを惜しむ段階にきていた。

課題曲をさらいながら、合間に「ライディーンをやって」とねだられて弾くとユキがぐるぐるリレーごっこしていた。「雨やっ」、物干しの網戸の前でユキが叫ぶ。

地面がむらむら土くさい気を放っている。裏返した蜜柑ケースに並べた梅干しの竹ざるを五つも、オーブンの上や台所の出窓に避難させた時だった。

「このくそアマがっ」

男の怒鳴り声が僕らの庭に響いた。

ママの麦藁帽をかぶったユキはつっかけをぽいぽいと脱いで、台所に子供用椅子を観察用にセッティングした。三番目は僕が去年の工作で作った深海のジオラマみたいに鮮明に浮かんでいた。

濡れた洗濯物と梅干の酸《す》い臭いがした。

「壮観やなー」

ユキはオペラグラスを僕に押しつけてあごで三番目をさした。

どうしても僕はそれを使う気になれなかった。

「ぶっ殺すぞ」

「殺せるもんやったら、殺してみい。根性なしのくせに」

赤いブラジャーに黒いちっちゃなショーツで、ヨーコの名に恥じることなく殴られても屈しなかった。倒されても何度もむかった。お願いやからやめてというくらい。

細い腕と、セットしていないふくらんだ髪の毛、流れた鼻血から僕はそっと目をそらした。医院での出来事以来、世界は薄いカーテンをかぶっているように、心の中とずれが出来ていた。きめが粗く、伝わるのに時間がかかる。そっちの方が正常な子供の感覚なのかもしれないけど。

ユキは学習机から持ってきた罫線Bに熱心に小さな文字で書きこんでいた。

そんなことをしている場合か。なんとかしやんと。僕らのヨーコがぶち殺されてしまう。

笠智衆はいつもならベランダに出ているのにすっこんだままだった。アドベンチャー・ファミリーの奥さんも夫の不倫相手の修羅場を知らないふりしてやり過ごす気らしかった。

「警察や」

僕は言った。

「ばか。アカンよ、ナナ」

「ヨーコ死ぬで」

「観察対象にはかかわれへん主義やよ」

「じゃ、桐は？　麻子は？　友達やないの？」

「友達？　そんなこと思ってたん」

つんと日に焼けた鼻をそびやかす。議論する気すらない。

「ヨーコ死んでもええん？」

「知らーん。そんなの、ヨーコの運命やないの？」

ぱっちりとした大きな目で僕を見つめる。

運命という言葉の使われ方に僕はおどろいた。

圧倒的なものを、異様なほど軽々しくユキはあしらった。

ユキの長い睫毛に縁どられたつぶらな目がじっと僕を下等な生き物として見つめていた。

裂けるような悲鳴がまた僕らの庭に響いた。

水色の出窓の花瓶に芍薬《しゃくやく》が三本挿さって、ありんこが素早く動いている。

「まさか、おじけづいた？」

はっと顔を上げる。

「警察呼んでみいや。立ち会いやで。いろいろ、聞かれんで。学校にも連絡行くと思うで。かまへんのん？　ママ、どない思うかな」

そこで一呼吸つき僕への効果をうかがう。

「僕は、面倒ごとに関わる気はないよ。それは、この記録のしゅしに反するな。彼らが死んだとしても、僕は警察を呼ぶ気はないね。電話するなら自分でかけてな。でもさ、わかってるかな？　僕ら、神様やないで。ただの、近所の子供なんやで？」

記録のしゅし？　ユキがそう思っているのを僕は初めて知った。

「ああ、もっとおっきな規模でサンプルを集められたらなあ。そのためにはどっかの研究室に入って、組織的にぱいを増やして精度高めないかんのよ」

ばった。ダンゴ虫。揚羽蝶。野良犬。そういったものと同じくらいの感覚で、ユキはあっち側の人をとらえている風だった。まったくこっち側の僕らとちがうものだと、見えないガラスに遮られた異質なものだと。執拗に観察し、記録したがったのはそのせいかもしれなかった。

「水谷瑞枝をこれ以上図に乗せる必要あらないよ。ナナ」

6

恋がどのように発生し消えてゆくのか。僕はつぶさに観察する機会にめぐまれた。関わりないものとして。記録し、見届ける外野の地位に安心して。

高校の期末試験が迫り、秋永の住む「モグラの巣」では勉強に熱が入っていた。薫さんは受験に向けて追い込みの時期だった。その扇風機しかない六畳間は私塾みたいになっていた。

薫さんが麻子に古典を教えて、麻子は薫さんに英語を教えるという約束になっていたのだろう。僕らは便乗して、通信教育のプリントをかりかりとこなしながら、恋の観察にいそしんだ。

「見てみ。薫さんの見ているものをさ」

どういうつもりでユキは意地悪な笑みを浮かべたのだろう。

言われなくても薫さんがありをりはべりいまそかり、などと麻子に復唱させながら、細い金色の葉っぱの模様があしらわれたピンで髪をまとめたうなじを眺めていたのに気づいた。「んな」と、家で禁じられたマンガを読みながらユキが自慢げな顔をしたのと同時に、秋永のもの言いたげな表情を見つけて、僕は慌てて知らん顔して鶴亀算にもどった。

「巣」の部屋には麻子の毒という名前の香水の匂いがふっさりと黴の胞子みたいにたちこ

める。

薫さんに見つめられる麻子を見つめる僕を秋永が見つめ、それをユキは超然と眺めた。

夏の暑い時期にママの従妹は再入院した。死を待つための入院だ。親戚中がお見舞いに走った。

入院騒ぎのおかげで僕らは、裏の「ポポの家」に大っぴらに出入りすることが許された。麻子が申し出たのだ。

「お気の毒に。お子さんたちだけでお留守番は不用心ですもの。うちはにぎやかなのは大歓迎ですから」

おっとりとした言葉がどれほど本気だったのかわからない。

部屋の中に立っているだけでじっとりとポロシャツの腋に汗をかいた。

夏の明るすぎる夕方だった。黄色っぽい光が裏庭に満ちて、ポポの木の楕円形の葉が地面に木陰をつくっていた。

「ポポの家」にやはり大人たちの気配はない。

僕は名前も知らない八か月だという赤ん坊を抱いていた。薄い綿のロンパース。これ上がったパン生地みたいにむっちりとした体だった。重みがあり絶えず口からねばついた透明なものをはきだし、昏で遊んでいた。

「ふぁ　ちゃ　ふぁ　ちゃ　ちゃ」

赤ちゃんがそこにいるだけで、空気が透き通る。汗みずくの体で時折手足をばたつかせて昼の開け閉めをくりかえす。まだ言葉を話す前の生きものの、新鮮なきらめきに「ポポの木の家」も満たされていた。

誰の赤ちゃんなのか。不思議と僕らは考えもしなかった。あの賢くて抜け目のないユキも。赤ちゃんには、お父さんがいて、お母さんがいること。少なくとも産んだ女がいなければ、おかしいこと。性についてまるで専門家みたいに自負していたけれど、僕らはまったくのアマチュアだった。それにこみいったことを考えるのを、夏の気温と湿気が妨害した。

麻子はあの金の葉っぱ模様が彫られたピンで髪の毛を後頭部でねじって留めていた。くるぶしまである白いワンピースを着て、粉ミルクをスプーンですりきりに計っていた。

「これって、もしかしてドレスなん？」

「そ。えりさんの結婚式のお下がり。二回目のんよ」

たくしあげて僕に布地を触らせると、薄羽のような生地から日焼けした脚がくっきり透き通って見えた。

「えりさんて誰？」

「えり子さん。私と桐の産みの親」

産みの親という言葉を使う人を初めて見た。

胸元にスパンコールの花模様が所々、残っていた。そのままベールをかぶったら清楚な花嫁で通りそうだった。「肩ひも、真珠では具合わるいしつけ替えたんよ」。器用にお湯を瓶に注ぎくるくる回す麻子に、それってお母さんなのと僕が聞くすきはなかった。

流し台の上に、青い果実が三つ置いてあった。

誰かがふれた指の痕が指紋のうずまでくっきりと残っていた。

「昨日はしごにのって取ってもらったの。食べられるんやないって」

冷凍庫の氷をいれると哺乳瓶は急激に冷えて適温になる、という知恵を僕は学んだ。

「切ってみない？」

麻子はいたずらっぽく笑って、まな板の上にポポの実を置くとペティナイフの切っ先を当てた。

食べごろには早すぎた。ポポの実はきれいに真っ二つだ。淡いグリーンの果肉がまな板の上で濡れて光っていた。ころころと中心に種がある。

「ほら」

赤ちゃんの重みで腕がだるくなった僕の鼻先に一切れをつきつけた。

「いらん」

僕はすりガラスみたいなポポの実から顔をそむけた。熟れ切ったポポの、舌をしびれさせるほどの甘みにはほど遠そうだった。

麻子はあまりにも僕が真剣だったので、つまらなそうにその果実の半分をもてあそんだ。

「ポポなんか果物やない。毒があって子供が産めなくなるらしいよ」

玲那から聞いたがせネタ。たぶん僕を怖気《おじけ》づかせるための作り話、それをしたら麻子がどんな反応をするのか興味があった。

「処女を不能にする果物ってわけね」

麻子は瞳を輝かせ、縦に切れ目をいれてさっと一口大にした。そして手品師が種も仕掛けもありませんと誇示するように、一切れ僕にかざすとポイと自分の口に入れてしまった。

「麻子っ」

「ほら、ナナの番よ。あーんしなさい」

「止ーめーてって」

「止めない。あーん」

ふふふ、と笑いながら赤ん坊を落とさないよう必死の僕の口に、ぬるつくポポの一切れを押し付ける。僕らは無言で押し問答をした。赤ちゃんがよだれをつうっと床まで垂らした。甲にえくぼのようなぽつぽつのある小さな手が果物をつかもうとする。ふぁ、ちゃ。小さな指先がうす青い果肉の上ですべる。危ういところで僕は、麻子の指ごとポポの実を食べた。

生暖かく、ぬるりとして、甘みはまだ頼りないくらい淡かった。麻子の指もそんな味がするような気がした。

「僕は、大人になってもぜったいに子供なんて産まないから平気やで」

「私だって平気。一回お腹切ったせいでもう産まれへんもん」

金色に光る夕方の光の中で、僕は言葉につまった。行水した真昼の浴室で、麻子のおへその下には縫った針目の跡が艶々していたから。それはあまりにも残酷な冗談だった。そして同時に僕は逃れがたく雌犬としての体を思い出した。長すぎる沈黙を破ったのは麻子だった。

べたべたのよごれた手で僕の腕をつかんできた。

逃げようとすると、白い裾をひるがえして僕を捕まえた。

「ナーナ」

「雌犬なんかアホのボケや。最悪サイテー超きしょ悪い。なんで妊娠とかして、アホな男の子供なんか産まんとあかんねん」

絹地のドレスの腿で麻子は無造作に手をふき、赤ん坊を取り上げていねいにゆりかごに寝かせるとまた僕の前にもどった。

「今、雌犬ってゆうた」

麻子の目がきらめいた。

「上等。誰がそうゆうたの？　あなたのお父さん？　きっとお母さんがあの調子でゆうたのね。ナナ。あなたのお母さんて、誰かを大切にしたり大切にされたりしたことがない人なのね。だからそう言うのよ」

僕はこわくて、首を振って否定するしかなかった。麻子にはみんなお見通しだから。はっと麻子は力を抜き、微笑みを浮かべる。

「ナナって、生理はまだなのかな？」

小さく僕はうなずく。

麻子は考えにふける表情をした。胸元が白い衣装よりもっと白かった。麻子はどんなつもりで、そんな話をする気になったか。年上の女としての責任みたいなものを感じたのか。僕は幼すぎて、十七歳だった麻子の気持ちを想像しなかった。

麻子は冷蔵庫を開けるとピンクの丸いタッパーウェアを出した。

僕は手渡された容器の、水気のものがごろごろするふたを言われるままにはがした。

香水の香りを、むっと玉子の腐敗した鋭い臭いがさえぎった。

「月に一回、卵が一個、たまに複数の時もあるけど、飛び出してくるの」

容器を傾けるとどろりとした黄みがかった液体が、緑色に変色したうずら玉子と共にこんこんと弾みながらシンクにこぼれてきた。

「卵は精子と受精しなかったら、流れ出てくる。いらない血ぃと一緒に」

「血ぃ」

「そ。生理とか月経とかいいます」

僕は力なくうなずく。

「洗ったらまたこの通り、清潔。ただの外付けの容器やからね」

水道で容器の内側をすすいだ。汚物は跡形もなく消える。

麻子は軽く僕の顔をつねる。そしてぐずりだした赤ん坊を慣れた風にゆりかごから抱き上げると、おしめが濡れていないか手で触って確かめた。

合理的な性教育だ。誰よりも早く、麻子からそれを教わりたかった。雌犬と淑女。その区分。麻子の子宮は、取り外し可能なタッパーウェアだから。

　パパの盗撮のおとりとして浜辺をかけまわる夏の旅から帰った後、いよいよママの従妹の具合は悪くなった。昏睡状態になってベッドで眠る期間を経て亡くなり、後は慌ただしい儀式が続いた。そっちにママの目が奪われている間、僕らは倉橋家にあずけられた。

　本当はいろいろあった。その夏のお盆も終わった後、御陵のフェンスを乗り越えた珍妙な夜の水泳大会があったこと。ピアノコンクールの準決勝でミスタッチを連発したこと。麻子がコンテストの二次審査で、お腹の傷を指摘され落ちたこと。こまごました出来事はメモに数行だけ記録されて後は忘れてしまった。より重要な記憶を後々まで頭の中に刻むための犠牲になったみたいに。

　父親がいて、母親がいる。そして子供。それが僕の知っている家族だった。もっとちがう家族の形。僕らの家のすぐ裏隣で、父親がいて、母親が一人。そしてもう一人の女が、母であり娘であったらどうだろう。頭がこんがらがる。その血縁の乱れ。それがどのようにしておきたのか、世間知らずの僕には想像のしようもなかった。恋ゆえの無頓着なのか。それとも、残忍な暴力のせいなのか。僕はその晩見たものの中にヒントを探ろうとしてしまう。よそん家《ち》の秘密なんて見ただけでは分からないと、僕は理解していたはずなのに。

　イエロープレーンの外食で塩分を取りすぎたのがいけなかったのだろうか。僕は深夜に麻子のベッドで目を覚ました。あのしっとりした絹地のドレスのはしをつかんでいたのに、隣はからっぽだった。壁にかかる秒針が飛行機の時計を見ると十二時を少し回ったところだった。

僕はそうっと子供部屋を抜け出した。

そのままベッドにもどる、それかもっと別の冒険をする。礼儀正しい隣人なら前者、比類なき観察者になろうとするなら後者を選ぶしかなかった。明るい月夜だった。ポポの木の影を見つめながら僕は決心した。

静かに鉄の階段をのぼりきるのはわけなかった。もう何度も頭の中で、どうやってのぼるか練習していたから。ランニングシャツに、ゴムのきついパンツ姿で、手すりに近い右側のはじっこを二段飛ばしでのぼり切った。

錆びた踊り場にくすんだピンク色のバレエシューズが脱ぎ捨ててあった。

扉に鍵はかかっておらず、難なく手前に開いた。

白いドレスが床に踏みつけられたさんざしみたいに丸く広がっていた。真ん中にぽつんとレースの下着が落ちている。

麻子はそこにいた。信じられないようなやわらかさと白さをあわせもち、絶えず形を変えていた。何かのひっかかりを中心として、同心円を描くような、丁寧な動きだった。彼女は僕がいつも惹きつけられた、金色の細い優雅な金具で長い髪をねじって留めていた。そしてそれは、その動きを続けるためにゆるんで、とがった肩先でひっかかってひょこひょこ跳ねた。

男が一人ねころんでいた。前髪の白髪と黒髪の配合がまちがいなく、最初に見たあの時のあの男だった。男はただ寝転んでいた。麻子をぴたりとそこにのせ、彼女のまるみのあるウエストに両手で触れていた。その感触が、麻子の腹回りの熱さとぬめり、すべらかさが、僕のランニングから突き出した腕や喉、腿に触れた。それは、言葉にも記号にもならなかった。言葉があったとしても十歳の僕は持ち合わせていなかった。交わる男女の放つ熱気が、僕のむき出しの二の腕の内側をこまやかな汗でしとらせた。

あかん、だったか。麻子がそう漏らしたとき、彼はそれを笑って、いや何を笑ったのかしれないが、くるりと体の位置を入れ替えると、彼女の傷だらけだという体の一番奥まで、慎重なうえにも慎重に彼のからだの硬い部位を刺し入れた風だった。

僕は階段の真ん中を通ったのかはじっこを通ったのか、よく覚えていない。台所を通過する時、誰かが呼び止めた。

「裏隣のお嬢さん。忘れもの」

針金みたいに細い女が座っており、罫線Bを指輪の光る手に持っていた。

「産後だし、麻子には養生させなくちゃだめなんだけど。あれじゃ何のために大挙して帰国したんだかわかりゃしない」

あの子って私に似てああいうたちだから、と女はため息をついた。産みの親。麻子と桐の母親だ。

悪戯そうな、皮肉っぽい色が目元に浮かぶ。僕はあっけにとられた顔をしていただろうか。濡れたサテンの下着も、下腹の縫った傷も、そのせい。あの赤ちゃんを産んだのは麻子だ。父親は。今、階段の上で見た。テラスの支柱で回転技をした後みたいに頭の中がくらりとする。

赤ん坊は、この家でゆるぎなく認知されている様子だった。

「非難してるの？　うちは、いうなれば一つのコミューンだから子供はみんなの子よ」

僕が神経質に何度も罫線Bをめくる親指の動きを、相手は面白がっている風だった。

「ねえ。あなた私が誰だか知ってるんでしょ？」

誰って、えり子だ。とても美しい人だった。パパの好きな未亡人もののビデオに出てきそうだ。あらかじめ聞いていたほど自由な考えの持ち主には見えなかった。瞼の縮緬《ちりめん》みたいな皮膚。横にすっと筆で漢字の一を書いたような、潔い唇。口紅のプラム色を、いつまでも僕は覚えている。ベッドにもどるようにうながされ、子供部屋のユキの隣にもぐりこむしかなかった。

7

憎しみ、激しい混乱、おとしめられているという恥がママの心を支配する時、ヒステリアはおきる。

パパのいない時、いるはずの夫がそばにいないということも発作に欠かせない要素の一つだった。

聡明なユキはすぐに察して自分のクマの陶器の貯金箱やらこまごましたお気に入りのぬいぐるみを抱いて、応接間の長いゴブラン織りのカーテンのテントへ避難した。

太ったのとニキビのと警察が二人、スーパーでおきた痴漢騒動に関係して僕に話を聞きに来たのだ。国家権力の番犬たちはしつこく、木曜のピアノのおけいこ日の夕方について聞いたから。まるで僕がヒコをたきつけてテレクラに電話をかけさせたみたいに。

「あんたっていう子は。ピアノもだめ。勉強もだめ。はずれや。こんなにお金をかけたのに。私がこんなにがんばっているのに。いっそ、首でも吊って死んだらどない？　いないほうがよほど親孝行よ」

激しく暴れた後の、重いため息が僕にかかった。

そこは雌犬の家だった。うろうろと爪を立てて歩き回り、よだれを垂らし、四つ足を折り曲げて眠る。獣臭い家だった。僕はママにならって、同じように雌犬としてふるまう方が楽だった。疑いに封をして。嗅ぎまわり、神経質に吠える。人間たちには伝わらない言葉で。遠吠え。哀愁を漂わせて、遠くにいるのかいないのかもしれない仲間への伝達。人間は、パパだけ。パパはいつも家にいない。

雌犬が僕の机の一番下の引き出しを開けて、「ポポの木の家」からもらってきた青い果物を発見したのは、さすがの嗅覚だった。

見過ごすことの出来ない、女の性への害をなす危険を嗅ぎ当てたのだ。

「こんなけったいなもんたくわえて。どっからもって来たんや」

ふんと鼻で笑うと、雌犬はビニールからポポの実を出してその他の文具やノート、教科書、ランドセル、重たいねんどケースなど裏庭にすでに投げ出したものと同じように、ごていねいに僕が「お願い止めて」と頼むのを待って力いっぱい外に投げつけた。

「ああ。けがらわしいったらない」

僕はゴムのでたらめに弾むおもちゃを投げてもらったジョンのように、裸足のまま薄緑色のじゅうたんを蹴って物干しから庭に飛び出した。

砂利を踏んでも足裏は痛くなかった。

ぴしゃんと、背後でガラスの掃き出し窓が当てつけに閉まった。

威勢のいいワグナーのオペラのメロディが裏庭に流れていた。

砂利はつめたく、泥臭かった。ふうわりと金木犀が甘く香った。ヒコんちのトイレの消臭剤ではなくて、本物の匂い。

ポポの実は手水鉢の深いところに泥のもやをまとって沈んでいた。腕を入れる。銀色に光を放ちながら僕の手にもどった。Tシャツで水滴をふく。芳しい匂いがした。僕は裸足で立ったまま鼻を近づけ何度も吸い込む。

死なないといかん。ママから与えられた新しい命題だった。

漢字テストで百点を取るみたいに、帰ったら石鹸で手を洗うみたいに、コンクールで金賞をねらうみたいに。それを僕はポポに顔をよせながら誓う。

五年生だったこの年のこの先はもう行き止まり。教師たち、親たちは、岩間医院へ連れて行って内診台でちょっとおどかしたら、あいつはすぐ大人しく女の子らしくなったやないの、と高をくくっていたかもしれない。僕はあれ以来静かになった。それは次の病態へと変化するための準備期間だ。より、混乱をもたらす病気になるために。もっと雌犬たちを苦しめるために。沈黙する僕は誰からも放っておかれた。

応接間へ行くとユキはカーテンをぐるんと体に巻き付けた簡易テントの中で、何やら熱心にメモを続けていた。

「しゅくせいや」

粛清と、漢字をユキは正確に書いて見せた。

カーテンの中は暑くて埃臭い。

「ちょい、待ち。平和的にいこうよ」

「はい？　ミサイル撃ち込んできたのあっちよ。シナリオ完成。舞台もぱんぺき。ふふふふふ。自我がぐちゃぐちゃになるまで辱めて、水谷瑞枝め退職願い出させたる。つぐないや。私刑や。学校を浄化しやないかん。これはナナだけじゃなくて、僕の問題でもあるねん」

「ユキさ。ユキさ」

「何も言わんといて。わかってる。僕ら比類なき兄弟やもん、ね？」

ね？

瞳を輝かした一年生のユキが忘れられない。

砂利のうまったねんどをなんとかきれいにしようとする横で、微笑んだ薄い唇。小麦色にぷっくりとした頰が自慢のユキが。

雌犬の家で、ユキは抗えるだけ抗った。

結果的に、僕のように雌犬にならなかったから。もちろん男にも、その他のものにも。ユキはユキのままでいることを選んだ。それがどれほど苦労のいることなのか、たやすくママに従属した僕にははかりしれなかった。丸腰で、飛びかう弾丸の中をまっすぐ歩くみたいに。いびつな世界と行きつ戻りつしながら、それでもなお彼女そのものでいるのがどれほどの重荷と苦痛をともなうのか。


どうやって死ぬか。僕はそれしか考えなかった。ママに言われるまでもない。変化する体に耐えられないから。陥没した乳首の周りで膿んだように痒みをもつぶつぶつが生えてきた。そのぶつぶつのまわりで異変が起き、薄く硬いふくらみの種が出来るのは間近だった。体重計の針の移動は右へ右へ。肉と肉の重なりにはママの目をごまかせないほどの毛が生えそろいかけていた。なによりお尻というもの。腿と脚の境を曖昧にする脂肪は僕を苦しめた。麻子の助言も虚しく、僕は変化する肉に耐えきれそうもなかった。

その日、アップルパイをこしらえるために琺瑯《ほうろう》の鍋の番をしながら、借りてきた「火の鳥」を読んでいた。ユキの言う粛清は実行され、水谷瑞枝はなぜか小学校からいなくなった。出し物。演出ユキ。赤い水彩絵の具を、新品のスーツのお尻につけてやったのだ。それは音楽会の舞台で指揮台に乗ろうというとき衆人環視の下で行われ、いささか悪趣味で後味の悪いものだったから省略する。ユキの観察する四つの部屋をなんとはなしに見つめていた。林檎は檸檬のイチョウ切りと一緒に甘酸っぱい匂いを放ちながら透明になった。

笠智衆がいた。

それ自体驚くことじゃない。彼はいつもベランダで植物の世話を焼き、こまごまと農具を工夫するため木を切ったり削ったりしていたから。彼は粗末なジャンパーを着て、細い体を折って鷺草の鉢を調べていた。そしてそのまま前のめりに透明な植物棚に頭をつっこんだ。

僕は息をのんで、すり減った木べらを落とした。ふつふつと飴色の林檎が鍋底でおどっていた。ユキはいない。ママが南の庭で枯れた花がらを摘んでいる。ユキの四つの部屋は僕の受け持ちじゃない。それに僕はもうすぐ消える。笠智衆の生命。それが何？　死。みんなに待ち受けるものじゃないか。それを運命だと僕は言い切れるか。ふつふつと鍋は沸いた。ひとすじの苦い煙が上がるのを無視する。廊下の黒電話に向かい、初めての番号を回す。もしもし。もしもし。救急車を呼ぶ。

住所、名前、アパート名。その名前も知らない老人が倒れた様子も、動かないことも。問われるままにこたえる。僕の剣幕に、物干しからママがつっかけを脱いで上がってくる。

不審そうに。前のおじいさんが大変なんよ。訴えると、ママは「あら」と言ったなり、品よく口を閉ざす。

僕は電話で指示された通りアパートの前で救急車がやって来るまで待っていた。彼らは二階の四番目に押し入った。灰色の顔をした老人の心臓をマッサージしながら担架に乗せて運んで行った。悪魔が通過していったように、ママは生命を失った肉体から顔をそむける。

「どうしよう。僕がもっと早く」

「早く？　それがなんやの」

ママはそれ以上許さない。段違いになった外用のブラウスのボタンを留め直しフンと鼻を鳴らした。

「お夕飯はグラタンにするからホワイトソースをこしらえてちょうだい。バター四十グラム。小麦粉大さじ四、牛乳カップ二でおねがいね」

琺瑯の鍋は焦げ付いたまま捨てられた。木べらも。もっと早く電話さえしたら。もっと。死への負い目が僕を責め立てた。

「おっすめすおっすめすおすすめすおすすめすおすすめす。はーははっ」

赤いコンパスの針。切っ先が閃光のように僕の机の上についた指の間を行き交う。とんぼの羽のはばたき。軽々。最後は突きさす。痛みもない。分厚い水かきの皮膚だ。

「もうっ。山岸さん。保健室行くよ」

岡野がばんっと机をたたいて立ち上がり、「おかまちゃーん」とからかわれる。

五年生最後の試合で僕はいいところがなかった。一組対二組のちょっとしたミニゲーム。「来いよ。お前がおらんと一組弱っちいからおもんないわ」。秋永が、まったくまわりの連中を無視して僕に言ったせいだ。岡野が三角座りをしてじっと僕を睨んだ。ヒコもなかモンもさっちんも。他の女子も。

男の子たちはもう少年と呼んだ方がふさわしかった。背は伸びる一方だった。僕は平凡な能力の一選手になりさがっていた。たった二十グラムの肉をまとっただけで、スピードは鈍る。

「ナナ　おかま　チンパンジー」

はやし立てる。一組も二組も。

一組はひどい負けっぷりだ。〇対一一。クラスの気持ちはばらばらだったし、誰一人僕にパスを出さない。

二組は勝ちを確信しても傍若無人に攻め立てた。僕は甘いコースのパスに飛び込む。股関節の動く範囲のせまいこと。筋力がだらしなく落ちている。敵の侮りからの油断が僕の利だった。サイドからのカウンターというやり口。秋永がいる。秋永だけがまだ戦っていた。少なくとも僕とやつだけはそのルールにのっとっていた。長い膝から下。喉仏。がっしりとした肩。僕は近距離で秋永に向き合った。瞳の淡い茶色はたしかに美しかった。僕は、かみしめる。異質さ。僕の変化。一緒でいられない。僕は囁く。

「薫さん。ちゅーしてた」

秋永の瞳が震える。動揺をとらえた瞬間、僕は身をすくめると秋永を振り切る。球はどうにかついてきた。敵はばらけている。まっさらな空間に見出した弧に、僕は鋭く脚を振り切った。ほうら、一点。

ホイッスル。一組二組両方の怒声。太田がゆっくりと汗をぬぐいながら歩いてくる。すれ違いざま、憎しみをこめて握りこぶしでどんと僕の左胸を打った。息が止まるような痛み。左胸の奥にいる雌犬が、声なしに牙をむいて吠える。その激しい震えに僕は耐えた。靴ひもをなおすふりで、校庭にしゃがんで。秋永はそれから登校の時も二度と僕に話しかけなかった。


「そのうちまた次の笠智衆が来るって」

四番目は長いこと空室だった。でもユキの予言の通り半年ばかりしてから、似たような老人が入居することになる。

クリスマスと冬休みが待ち遠しかった。寒い季節。遅ればせながらママは裏の「ポポの木の家」へ行くのを禁止した。麻子と薫さんが夜中にベランダで密会するのを、近所の人が見たんやて。それだけでなくあの家はきちんとゴミ出しの日を守らへん。やっぱり芸術系なんていうのはな、と鼻であしらう。

「仕方ないよ」

ユキはあっさりしたものだった。笠智衆の時みたいに。

僕が死んでいなくなっても、ユキはきっと「仕方ないよ」と言って知らん顔しているはず。別の麻子、別の桐、別の僕。いくらでも交換できるような言い草だ。脱衣所でうつ伏せのユキを見つけると感じる、不安でつき放された気持ちになった。

また土曜日が来て、大人たちは好き勝手な場所に出かけて不在だった。僕はミステリ小説の続きを読んでいた。

「ユキ?」

さっきまでレゴブロックで新しい基地をこしらえていたのに。

玄関に紺色のスニーカーがなかった。コマのつぶれかけた重たいガラスの戸が開けっ放しになっていた。

予感があった。

自転車置き場には補助輪を取ったばかりのユキの自転車があって、座布団に丸まったジョンが目玉だけでぎょろりと僕を見た。

薄暗くなりかけていた。僕は神棚の横にある外灯のスイッチを押した。

僕はユキの机の引き出しを探った。罫線Bの一番新しいのを取り出す。

半分使いかけの、折りあともない大事に使われているノートだ。

細字の小さすぎる字が刻まれている。

僕は電気をつけてページをくる。アパートの四部屋のすべてがそこに記入されていた。緻密で、客観的な観察記録だった。

「団欒《だんらん》」

ところどころに、たどたどしいながら正確な文字が書いてある。不意打ちだった。アドベンチャー・ファミリーのところ。漢字を見た時、僕は心臓にぐるんとテグスをひっかけられ輪切りにされた気がした。僕らの家にないもの。パパとママには作り出せないもの。僕らに実体験として欠けているものが、その二文字。

一週間に一度「¥」が記入されていた。一番目のわくの中だ。全身の力が抜けてどうにかなってしまいそうだった。

冷静に僕は二階へ駆けあがるとF2の裏蓋をぱかりとあけフィルムを噛ませて蓋を閉じ、巻き上げて二度シャッターを切った。失敗するつもりはない。開いている窓から一番目の窓もカーテンも閉まっているのが見える。

パパのバットを拝借してかつぐとまっすぐ門へ行かず、北の裏門を抜けて駆けた。

立ち入るのは笠智衆の一件以来だ。不必要に音を立てないよう静かにコンクリートの階段を上る。その部屋は一番奥にあった。チャールズ夫妻の部屋。子供はいない。妻の自転車が下にないのも確認してある。

台所の窓の鍵は開いていた。そろりと押し開けた。殺風景な畳の部屋が見える。テレビアニメの大きすぎる音。

僕はいざとなれば、殺す気だった。それだけに冷静で、すぐに侵入するような不用意な真似はしなかった。

チャールズはズボンをゆるめ顔を紅潮させ、荒々しい息をしていた。何事かに集中していて背後の僕に気づかなかった。ヒーターの音がカモフラージュになったのかもしれない。そしてユキは痴漢にあってはいけないという理由で穿かされているズボンも小児用のパンツも脱いで裸でアニメに見とれていた。テレビを一日三十分しか見せないというママの愚かな教育方法の結果だ。

僕は光を足すため窓を全開にし、絞りを開き、シャッターを切った。

「あれえ。お姉ちゃんやー。どないしたーん?」

ユキは「北斗の拳」からちらっと眼をこちらに向けて、悪びれた様子もなく言った。

「どないしたーん?」といつものユキ特有の調子で。

右手には黒いテレビのリモコン。左手にはあのカタカタいわせるおもちゃの「ろなるど」を持っていた。かわいそうな水兵帽の「ろなるど」はチャールズの薄汚いVの上でおあずけをさせられていた。

「一分待ってー、ええとこやねんわ」

生えかけの前歯の笑顔。片手でくちばしの「ろなるど」を巧みに操りながら。

チャールズの長い顔が上半分と下半分でちがう表情になる。震える。意思とは無関係なその瞬間。それから僕は顔をそむける。すでに証拠を撮り終え、流し台の上から飛び降りていた。

ずいぶんと派手にチャールズはやらかした。ユキの真っ黒な髪の毛にも、小さなガラス扉がついた箪笥にも、こたつ机にも、その純粋な白ではない、濁った物体は飛び散った。どろどろとして、まるでママがマスカットで石衣《いしごろも》を作る時の、白砂糖を練ったすり蜜がもったりとなだれるみたいだ。すぐに表面がピンと張りつめる。

僕はユキを連れ帰り、温かいシャワーで洗浄した。中が毛羽だった臭いピンクのゴム手袋をつけて。もちろんそんな心配はないと分かっていたけれど、妊娠を僕は恐れた。その髪の毛にこびりついた何かに、その力があること。どのていど繁殖力があるのかは予想もつかず、どれだけ警戒してもし足りなかった。大人用のシャンプーだけでは不安で、食器用の洗剤を泡立てて種の混じった悪い液を取り去った。

「クリスマスまであと一週間や」

毎年恒例のイベントの話をしたのは僕が沈黙に耐えられなかったから。

「ビデオ係とおやつ係どっちがいい？　ちょびちょびためたら豪華版になるよ」

ユキの体は泡立てる度にがくがくゆれた。

「アニメはこっそり撮りだめてるで。お姉ちゃんおやつ係な」

泡の間からユキが得意そうに言った。

「それにしても勝手にお風呂つこてママに怒られへん？　タオルどないしよ」

僕は反響するお風呂場で、無言でユキの痩せた体を洗った。

チャールズを殺しはしなかった。あのアパートから出ていくよう引導《いんどう》を渡してあった。どちらも同じことだ。次の次の日には一番目から跡形もなく夫婦は消えていた。たぶん風呂のふたまできちんと持って、どこか次の場所へといなくなった。

あのフィルムはどこへ行ってしまったんだろう。確かにプラスチックの半透明なケースに入れ、ネームペンで日付を書き入れ学習机の鍵付きの引き出しにしまったはずなのに。現像に出したおぼえもないのに、フィルムケース自体もどこかに消えてしまったように影も形もない。

麻子との最後の日はクリスマスイブ直前の木曜日で、レッスンを終えあの無花果畑の農業用水路の横の細道を立ちこぎしていた。白い電話ボックスみたいなテントが昏く神聖な森のそばに立てられたのはその頃だったろうか。監視。あいまいな記憶。番犬たちはかわるがわる交替し、黒い帽子のひさしからのぞく。やつらの目と僕の目ががっちりかみ合わさる。僕だって「ポポの家」を監視していたのだから、僕が見られていないともかぎらなかった。目はついてきた。逃げる僕をしつこく追ってくる。視線が皮膚にはりつき、侵食を受けたみたいにそっちにひきつれる。窃視のつけだ。

そもそもスイミングを習っていて泳げるのに、入水《じゅすい》という手段を選んだのが間違いだった。

暮れかけの御陵の水はみどりみの青色をしている。僕の目は水面を求める。うとましい体を脱ぎすて、眼球だけになって浮上しようとする。溺れる。恐怖に両手をばたつかせる。みどりみの黄色。みどりみの青。みどりみの灰色。水谷瑞枝の図工の置き土産だ。黒板の色がひたひた上下して僕の雌犬の体をもみくちゃにする。

服は重りだ。忘れもしない。冬用のレンガ色のフードがついたジャンパー。２シーズンもたせるため膝まで隠れてしまいそう。ママはもう僕にいい服を買わない。布と中綿が生活排水で濁った水を吸い、泥の底から亡霊の冷たい手が僕をみな底へと誘う。

お堀の底は泥。底はすり鉢状で絶対に足がつかない。いやよ。いやよ。雌犬が猛然と吠えた。死にたくないのよ。がぶがぶと水を飲む度、胃の中で雌犬が暴れた。何なの、死にたくないのん？　僕は初めて自分の中にいるやつに話しかけた。そいつは必死に僕の体でもがいていた。何たる生命力、何たる執着心。あはは。笑った僕はごぼりと熱いものを吐く。白いげろが塊になりお堀にあふれて、羽を開くように、散る。

薫さんが麻子にいいところを見せようとして僕を助けたりしなければ、お堀でその日死んだのに。救出劇は困難だった。僕は暴れたし、薄暗く、ぶかぶかのジャンパーとコールテンのズボンが予想以上に重かったのだ。

それでも下着だけになった薫さんは勇敢に飛び込み、僕の服の腹をつかむと渾身の力で、夏の間亀がのんきに甲羅干しをする船着き場に引っ張り上げた。

「神様」

麻子の白い顔が見えた。どこのどんなのかはわからないけれど、神様を信じているらしかった。麻子の震える指先が水にぬれた僕の上着のジッパーを何度もつかみそこなった。薫さんの背中に乗せられて抜け殻になった僕は「巣」の秋永の家に運び込まれた。奥歯がかちかち音を立て、玄関で服を引きはがされてもされるままだった。

奥の台所で麻子に命令され、お湯をやかんと鍋に沸かし、湯たんぽをこしらえ、それから毛布をありったけ出したのも、全部秋永だったのだろう。

「冷たい。凍りついてしまったみたいだわ」

僕はゴム手袋を何重にもつけた上から撫でられている気がした。

かちゃかちゃとティースプーンで混ぜる音がとても遠かった。

「きもちが落ち着くお薬と、お砂糖。飲みなさい」

マグカップの中で不気味な肌色の液体がふるえる。

砂糖とミルクのぬるい塊が胸の下に落ちてゆく。歯が当たって、こぼれる。ティッシュペーパーがたちまち黒く溶ける。舌にざりざり苦いものが残る。

「あそこで死ぬ気やったのね」

「物騒なことを言うな」

セーターに着替えてきた薫さんが語気を荒らげた。

「偶然落ちたんや。そうやな」

「偶然ですって。この寒いのに。フェンスを乗り越えて？」

冷ややかな喋り方をすると麻子は薫さんよりよほど大人みたいだった。

「家に電話しておばさんをよぼう。明海。去年の連絡網あるか？」

台所にいる秋永を大声で呼ぶ声がした。

僕はぶるぶると背筋をふるわせながら首を横に振った。

「待って」と薫さんを麻子は止めた。

「倉橋。君は知らんやろうけど、この子の母親ともめたら、あとあとややこしいことになるんやで」

危惧した薫さんをしっ、と麻子は鮮やかにさえぎった。

「後で私が送るわ。それにとっくにややこしいことになっているわけだし。少し私に時間をくれない？」

「僕は邪魔者あつかいか」

「のぞかないでね」

「まるで鶴の機織りやな」

そうぼやいたけれど、薫さんはあらがえなかった。麻子に夢中だったから。おばさんが花形に切ったつぎを当てた襖が閉まった。

「男どもは追い払った」

麻子の濡れた髪の毛の張り付いた頬が近づいてきた。

ほのかにあの果物の香りと、香水が入り混じって強く匂った。熟しきって、すえた香り。

麻子の太腿に足を挟み込まれると、足の先端がかなたにあるように感じた。

「あさこ」

「なあに」

「ぼくあかんことした」

「いったい何をやらかしたん？」

僕らは抱き合って毛布にくるまっていた。ざくざくした毛皮の、それでいてちくりとも肌を刺さない毛布だった。

「ユキがうらやましかった。賢くてママのお気に入りで。遊びだって嘘ついたんよ。よそんちを盗み見させた。ちょっと、穢《けが》してやるつもりだった。それであの男につけいるすきをあたえた。ユキが時々おらんくなるのも知ってたんよ。まらがいや。僕らはいつも、見られていた。盗み見られていたんや。ユキ。ひどい目にあってるってわかんないくらいひどい目にあわせたかもしらん」

昼がどこかに行ってしまったみたい。喋っているつもりの言葉は、耳に届く前にばらばらになってゆく。

「見られているって気づいていなかったのね。いつも、あちこちから、さまざまな人に」

僕の涙をぬぐう麻子の手の動きで、目の場所がわかる。

「ナナ」

ナナ？　あの自分を見つめるようにやさしくうながす声。

「私たち何千回、何万回でも、変われるんよ。そういうふうに、出来てるんよ。傷ついたら次は、もっと強く、やわらかいものに変わんのよ」

かちかちと僕のあごは鳴るだけだった。

「死なないで。ああ、唇が幽霊みたい」

麻子の口が僕のそばにある。

淡い、うっとりするような匂いがした。熱い息と舌を押し当てられると、僕の顔が深くうがたれ、唇が開き、舌がよみがえる。彼女から僕へと伝う。もっと奥の方まで。熱と呼吸と、声をとりもどす。

「何よ、これ？」

「しーい」

僕らは秘密のふくみ笑いをした。ポポを食べたあの日の夕方のように。あけすけで、大胆だった。

それはたぶん、麻子の、女の形をした何かだ。親密で、野蛮な味がした。雌犬と呼ぶには誇り高く、タフなもの。麻子の官能。かつて雌犬といって恐れ、逃れようとしていたもの。雌犬も淑女もないとその時、僕は気づく。女なるものに区分はない。雌犬と淑女は二つともありもしない、都合よくつくられたものだと。

麻子が一つ一つ片手でボタンをはずすたびにぷつりと音がするのを、僕はじっと毛布に耳を押しあて聞いた。

硬い綿のブラウスの下には、とろりとしたカラメル色のシュミーズが光沢のうずになってひかえていた。胸元のレース。その細やかさは学校へ着ていくようなものじゃない。下の同じ素材、同じレースがあしらわれた、花びらのような貝殻のような、華奢な切り絵。それが破れそうなほどふっくりと乳房が盛り上がっていた。

「目が覚める。あなたは子供のまんまやけれど、次のものになってる」

スカートのホックとスナップがぱちりと外れる音と、鈍い小さなきらめきの点、それが僕の最後に見たもの。

ほっそりとして、つるつるして、すがりつきたくなる睡魔だった。裸のまま僕は四肢をからませた。

その木曜日の夕方、「巣」の一室の秋永の毛布の上で倉橋麻子にすき間なく触れた。記憶にはないけれども、次に僕らの家のねる部屋の布団でかすかな喉の渇きと共に人工的な眠りから覚めた時、僕は文字通り雌犬ではなくなっていた。胸の中ががらんどうみたいだ。少し寂しい。でも生きている。ただの十歳の子供になった僕はかすかな光の中、パジャマの左胸に手を当て、さよなら、とごく小さな声で雌犬にバイバイをした。


「ポポの木の家」に間借りしていた一家は、ある日突然消えてしまった。最初は引っ越し業者のトラックがバックの警告音を鳴り響かせてやってきたのに、消えるときは音もなくいなくなってしまった。それは秋永兄弟に少なからずショックを与えた。特に薫さんに。共通一次の結果が思わしくなく、阪大に志望校を変える結果になった。そして秋永は六年になる前に引っ越して行った。クラスでのお別れ会も一人だけ真夏みたいなランニングと短パンのまま、堂々と通したと二組のやつが話していた。

様々な憶測がご近所の奥様方の間で飛びかった。お二階さんはそうした噂にうんざりしたのか、白浜の別荘へひきこもってひと月以上帰って来なかった。その間にみんな倉橋家の人々のことなんてさっさと忘れてしまった。ほどなく裏のお二階からは相撲中継とオペラと大河ドラマの音楽が鳴り響く。ただ、ポポの木が一本、二階のベランダにゆうゆうと届くほど葉を茂らせているだけだった。


五年生の冬休み。お正月をはさんで祖父母の家で初潮を迎える。喪中。天皇が亡くなったとテレビと新聞が伝えた。もうずっと体の具合が悪くて、それがいちいちテレビやなんかで報道されるくらいだった。彼は年だったたし、患っていたし、誰もびっくりしない。年末に送られてくる薄墨色の喪中につき年頭の挨拶を控えさせていただきます、の葉書をうけとったような。へえ、そんな年齢やったんや、気の毒に。わびしさとどうでもよい気がした。

僕僕僕。わたしわたしわたし。その境目は冬休みの終わりから段々とあいまいになってきて、六年生に進級すると最初の一日目にわたしに変身していた。あっけなく。教室の誰も、男子も女子も何も言わなかった。どこからどう見ても、わたしだったから。うっすらとふくらんだ胸にぶわぶわした綿のブラジャーをつけて、きちきちする、右と左にナプキンを隠すためのポケットがついた生理用の下着も経験済みだった。髪はもう切りに行くことがなくなって、伸び放題の毛を二つに分けて先から編むのが毎日の習慣になった。子供会の、ソフトボールチームのエースにして、四番。赤い靴下止めを上げ、グラブでボールをぱちんとつかむ。「ポポの木の家」からオペラが流れても、二度とそっちを見向きもしない。

それから後、わたしは何になっていったのだろう。千由。四つ下の妹を置き去りにして。五年生の冬以来、千由と会話をすることは無くなった。一つの家の中で。「あんたらはほんま仲が悪いから困る」と、ママはため息をつきながらうれしそうに言った。もう千由が脱衣所にうつ伏せになる姿を発見することもない。お堀での未遂事件を麻子は上手にママに伝えたにちがいない。でも千由を騙すことは出来ない。軽蔑している。実行力のなさ、意思の弱さ。助けられておめおめと帰って来て。無様と思っているにちがいなかった。作戦の失敗こそ、千由は最も嫌うから。お互いがそこに存在しないようにふるまう。まったく目に見えないものとして。ガラスが挟まっているように、静かに千由と別々になっていった。

変身。成長。絶えず脱皮するみたいに何を目指したらいいのか見失う。またある時から、苦しいものになる。精神と体がばらばらになり、黄色の皮膚は神経症的によじれてひきつれを起こす。どうしていいのか、わからない。もう小学校五年生の子供ではないから。小さな体でボールを蹴って走り回り、支柱につかまりつま先立ちして回転技をするわけにいかない。

　わたしは身を持て余す。あまりにも大きくて、色が黄みがかり、ぶくぶくしているから。浴室に入る前、服を脱ぎ鏡にむかう。左の胸を見る。いつか子供の頃、そこにひどい痣を負った。赤い拳の痕。そして青紫色になり、青へと色を変えた。そこを通り過ぎざま、まるで変化への本能的な恐怖につきうごかされるように拳で叩いた少年の名前さえ憶えていない。母親は娘の乳房を見てちんばだと、ことあるごとに笑った。大きさのばらばらの片ちんばやと。みっともない体では結婚もできないという野卑な冗談。男の子に交じって乱暴なスポーツをした報いだと。わたしにはそれが決定的なものに思える。この先、もっと長い年月の中に、様々な体の変化の余地がいくらでも残されているのに。

　月経になると、怠け者の太った妖精みたいにぐったりと頭を抱えて眠りをむさぼる。わたしはふと思いつく。それを無くしてしまうこと。生理を止めたら、女ではなくなるんやないの？　わたしは若い。まだ始まったばかり。いつか、終了の合図が来るとは信じられない。時がくれば血は止まるなんて考えもせずに、正気を失った獣になる。

　四つ足で立つ。あばら骨を浮き上がらせて、足音も無くあちこちさまよい歩く。千由の一対の目。それが平静を保ってわたしを見る。以前は片割れだった目が、関わりのないものとして、静かに。何も生きたものはそこになかったように目をそらす。飢餓状態の獣だから無理もない。あるいはマシーン。食物を制限し、消化するためだけのわずか三十キロほどの管。血を止めて、細長いホース状の機械になる。親族から、あちこちから、みっともないと、外に出すなと激しい非難があびせかけられる。生殖の拒否。卵子は冬眠に入る。母は騒ぎ立てる。全身の服をお堀の水で濡らしてきても黙っていたくせに。

どうしてそんな風になったのか母はちらとも考えない。高校一年生になる春休みだった。スタジオの撮影は続いていた。ビジネスとして。二階のぎしぎしとしたきしみは母と千由の耳に届かなかった。小遣い稼ぎよ。あの子はませてるから。身内の誰かに母がそう説明する。ひどい台風の後、雨漏りする屋根を見に来たおじいちゃんが二階の秘密に気付いた。テープにかつら、様々な衣装の類の発見。七聖はいやらしい子やから、かまへんの。母は笑いまじりにその話題を打ち切った。

嫌。もう止める、と言えなかった。小学生の一時期どうしても「わたし」と言えなかったように。土曜日あいてるか。父は卑屈な頼み方をした。んー。テスト前やし。じゃあ、来週と父は食い下がる。わたしがほとんどの脂肪と肉をそぎ落とすまでそうした会話は続いた。

両親はわずかでも罪悪感があるのか、食卓に拷問のような料理を並べ、食べろ食べろとわたしを罰し続ける。

大学を出て早々、逃げるように結婚する。それを望んだのかどうかはわからない。相手の男も。幸運にも逃走の後押しをしてくれるものがあったというだけだ。絶え間のない罰、ひどくなるヒステリア、母、父、そして千由から逃げた。わたしはうかうかとしている。十歳の時と同じように。うかうか人にだまくらかされ、相手の男もだまくらかされ、白無垢を着て結婚の誓いを述べた。

ママ。深夜、泣き、もだえながら、アパートの玄関で旅行鞄をもち帰るとわめく。家に帰らして。お願い。夫の男がわたしを見つめる。君は、本当にママから愛されたいんだな。あきらめたように、正反対のことを叫ぶわたしをあわれんで見つめる。ちがう。ママなんか嫌いや。あほにして、あほにして。わたしを毛むくじゃらの片手が抱き寄せる。わかったよ。ほら、お茶をいれてあげるから、座りなさい、とビニールの椅子にわたしを落ち着かせる。緑茶？　ほうじ茶？　なんという手際。

年月が経ち、父と母が旅行の途中だと言って、わたしたちのアパートに立ち寄った。癌やのよ。パパ。母がまず告白する。父はうつむいて黙っている。転移しているらしいの。もし最期の時が来たら、家族全員で看病して見送らなあかんね。なぜそんなことを聞かされるのかわからない。わたしは彼らの気持ちに寄り添えず固まっている。

さらに月日が経ち、葬儀の日になる。わたしは遠くにいて葬式には出なくてもよかったかもしれない。それでも遠慮がちに連絡は回って来た。まるでお告げみたいな電話だ。知らされたのは父の死ではなく、祖父の死だった。どうせ千由はこないんやから。母がふんと鼻で笑ったのが、電話を切った後まで耳に残る。

千由はどこかの大学の研究室にうまくもぐりこんで大がかりな社会実験にたずさわって

いるはず。わたしはぼんやり夢を見る。母は決して話さない。警察からの電話も。いくつかのトラブルと入院も隠せるだけ隠し、わたしの時のようになかったふりをきめこむ。

喪服を持っていなかったので夫の男に連れて行ってもらい、量販店で一番安いのを買った。父はほとんどの治療をあきらめて、禁煙し、家にいる。そのせいで健康そのものだ。祖父は彼の母親と同じ心臓病だった。あっけない祖父らしい死だ。

その初老の男を初めて見る。母がほら、昔、お隣さんの一階に間借りしていた一家の、と袖をひっぱって意味ありげに囁く。ヨシノブちゃんや。わたしが長い間、探していたもの。それにつながる細い線の一つだった。えり子の、たぶん母親ちがいの兄。彼はきれいな白髪の、若いころよく鍛えたらしい頑丈な体軀の老人だった。

わたしは全身を耳にして話を聞く。そんなことしなくても、ヨシノブちゃんは社交家で鍛えたよく通る声をしていたのに。

「ああ、えらい夏でしたわ。盆をしもてすぐのあっつい時期ですやんか。どなたか親族は？　てこないですわ。おれしかおりませんやろ。えり子の旦那の方の親戚ゆうのも、おるんかおらんのかもわからん。子供いうても、向こうの人と一緒になっているんかして。ちゃっとゆうてちゃっと連絡もつかへん。しょうがなしですわ。うちの長男と二人で、クウェートへ」

それは世界地図のどこのあたりに存在する国だったろう。誰も、話をしていた当人さえ知らないのかもしれない。その国で、えり子とまさとは事故に遭って死んでしまった。引火して、助手席と後部座席にいた二人とも助け出されずそのまま燃えてしまったのだそうだ。

　わたしは半ば放心する。あの一度だけ会ったえり子が死んだなんて。夫と一緒に。えり子の骨はきっと美しかったでしょう、とヨシノブちゃんに聞くことはできない。プラム色の唇も、消えてしまった。白髪と黒髪の入り混じった前髪の男も灰になった。母親と子供の父親を同時に麻子は失ったのだ。どれほどの哀しみ、どれほどの喪失だろうと、わたしは真っ先に思う。わたしは淡い期待をしていた。もしかしたら葬儀にヨシノブちゃんの名《みょう》代《だい》として麻子が現れるのではないか。あの柔らかい声で久しぶりねと言ってくれるのではないか、と子供みたいに熱望していた。

　親戚の名前もよく知らない女がよってくる。

「もう結婚何年目なん。お子さんは？」

　わたしは首を横に振る。

「わたしまた、ナナちゃんは赤ちゃんできへん体やと思うてたわ」

　常套句として、年長の女から、前の世代からの申し伝えとして、ある種のうっぷんばらしとして。わたしががりがり亡者で赤いミニをまとい、ミリタリーブーツを履いていた時代を揶揄して。

　わたしは傷つく。それを予測していたのに傷つく。そして自然と唇が微笑みを浮かべているのに、あきれてしまう。

何度目かわからない変化がまたわたしの身に起きたのだ。知らない間に。もう完全に子供ではなくなったのだと理解する。

麻子。

「ポポの木の家」で出会った少女に、わたしはかつて恋していたのだとその瞬間に気づく。十歳だった。黄色い肌の、痩せた子供だった。ひねくれて、弱虫で、初潮を極度に恐れていた。ナフタリンと線香の臭いが一体になった座敷で、すとんと一枚の幕が落ちたみたいになりゆきを理解する。たしかに麻子はわたしが心をよせていたのを知っていた。レースのカーテンの窓からうかがい、洗面所の網戸付きの窓からのぞき、小鹿のような足音が黒い階段を上るのに耳を澄ませているのを知っていた。

「うちの嫁も、もう四年になるのに。ちょっと聞いただけで怒られるの」

「早く手を打たんと。こういうことは」

不妊を忌々しい伝染病みたいに女たちは語る。

昔、「ポポの木の家」で明るい夕方に、あの青い果物をわけあったんよ。誰かの指紋のついた南国からきたポポの果実。女を不妊にするという精の強い果物だ。食べるつもりなんかなかった。麻子だ。ぜんぶ。不遜にも子供なんかいらないと宣言して。青い切り取られた果肉を、彼女の白い指先と一緒に口にした。

長い、終わりのない感情の中にわたしはいる。死ぬまでずっと終わらない感情。我ながらあきれ、苦い笑みを浮かべる。そんなものがあるやろうか。でも、とわたしは反論する。

こうやって、今も、あの時の少女は温かく見守ってくれる。その名を思うだけで、励まし、背中を押し、消えかけた誇りを燃え上がらせ、鼓舞してくれる。恋、なんかではない。そのような消えやすいものではない。もとはそうだったかもしれないけれど、もっと静かに、深く。実体なんかどこにもないくせに、確固としたものとなってわたしを支えてくれる。

その時わたしは結婚していたけれど、欲望に触れていなかった。夫の男は「夫婦のことについて、男と女のことについて何にもわかっていない」と考えている。妻の体について、その傷と痣について、夫の男は繊細に嗅ぎつけている。弱りきった女に焼き付けられたその印を、どのようにあつかえばよいのか思案している。ある時徹底的に叩き壊されたものを、どこからかき集めたらよいのか途方にくれていると言ってもいい。でもそれも時間の問題だ。夫の男はとても辛抱強く、際立って賢いとはいえないけれど、善良な人だから。時間を味方につけて、罪のない男だけが手に入れられる種類の偶然を得て、方法を見つけだしてしまうだろう。

いつの日かそういう時間が来て、いとしい人とまじわる時、たぶん身をもって知る。十歳の木曜日のあの日、うっすらと黄色い体が何に触れて、何に触れなかったのか。「ポポの木の家」で会った十七歳の少女は、不安定で絶望した子供を助けるためにわざとそんな風に言ったのだ。つけ入ることだって十分出来たのに。同情にかこつけて傷つけることも出来たし、そうしたって誰一人文句を言う人はいなかったのに。彼女らしいもってまわった一芝居。そのやさしさに。その何十年か先を見つめた思いやりの深さに、あまりにも大人びた心配りに気がつく。わたしは少女の心の中にあったであろう傷について想像をめぐらせ、悲しみに引裂かれる気持ちになる。豊かな乳白色の頰と温かな手触り、そして声を忘れがたくよみがえらせながら、麻子のそばにいたわり守る人が一人でもよりそっていますようにと祈るような思いにかられる。

引用
『へびのクリクター』トミー・ウンゲラー作　中野完二訳　文化出版局　一九七四年

初出
骨を撫でる　「新潮」二〇二一年二月号
青いポポの果実　「新潮」二〇一九年十二月号

装画
中上あゆみ「WallGarden」

著者紹介
1978年大阪府生まれ。近畿大学大学院文芸学研究科修了。2018年『いかれころ』で第50回新潮新人賞受賞。2019年同作で第32回三島由紀夫賞を受賞。

骨《ほね》を撫《な》でる

発　行……2021年6月25日

著　者……三国美千子《みくにみちこ》
発行者……佐藤隆信
発行所……株式会社新潮社
〒162-8711　東京都新宿区矢来町71
電　話　編集部03-3266-5411
　　　　読者係03-3266-5111
https://www.shinchosha.co.jp
装　幀……新潮社装幀室
印刷所……大日本印刷株式会社
製本所……加藤製本株式会社
乱丁・落丁本は、ご面倒ですが小社読者係宛お送り下さい。
送料小社負担にてお取替え致します。
価格はカバーに表示してあります。

ISBN978-4-10-352662-9 C0093